KB101013

오셀로
Othello

오셀로

초판 1쇄 발행 2014년 11월 20일

지은이 윌리엄 셰익스피어
옮긴이 박상곤
펴낸이 한승수
펴낸곳 온스토리

편 집 고은정 신주식
마케팅 심지훈
디자인 오성민

등록번호 제2013-000037
등록일자 2013년 2월 5일

주 소 서울특별시 마포구 연남동 565-15 지남빌딩 309호
전 화 02 338 0084
팩 스 02 338 0087
E-mail moonchusa@naver.com

ISBN 978-89-98934-27-9 04800

＊책값은 뒤표지에 있습니다.
＊잘못된 책은 구입처에서 교환해드립니다.

온스토리 세계문학 012

오셀로
Othello

윌리엄 셰익스피어 지음·박상곤 옮김

윌리엄 셰익스피어

차례

등장인물

오셀로 무어인(베니스 군대의 장군)

브라반시오 (원로원 의원) 데스데모나의 아버지

카시오 충직한 부관

이아고 악당(오셀로의 기수)

로도리고 귀가 얇은 베니스의 신사

베니스의 공작

원로원 의원들

몬타노 키프로스 총독

키프로스 신사들

로도비코 베니스의 귀족(브라반시오의 친척)

그라시아노 베니스의 귀족(브라반시오의 친척)

수병들

광대(오셀로의 시종)

데스데모나 (브라반시오의 딸) 오셀로의 아내

에밀리아 이아고의 아내

비앙카 매춘부

(장교들, 전령, 사자, 악사들과 수행원들)

제1막

1막 1장¹⁾

장면 1

로도리고와 이아고 등장

로도리고 그런 소리 말게! 정말 울화통이 터지는군.
이아고, 자넨 내 지갑을 자기 것처럼
생각하면서 이만한 일²⁾은 알고 있어야지.
이아고 내 말은 들으려고 하지도 않았잖아요. 내가 그런 걸
5 꿈이라도 꾸었다면, 날 증오하라고요.
로도리고 자네는 그자를 아주 싫어한다고 말했잖아.
이아고 내 말이 거짓이라면
날 경멸하세요. 베니스의 유력 인사 세 분이
날 그자의 부관으로 삼아 달라고 청탁을 했지요.
10 모자를 벗고 깍듯이 예의를 갖추고요. 그리고 맹세코
내 가치는 내가 잘 아는데 난 거기에 앉을 자격이 충분해요.
하지만 그자는 자기 자존심과 속셈만 중요하게 생각하여
장황하게 에둘러 말하면서 그분들을 피하기만 했습니다.
전쟁 용어를 지겹도록 잔뜩 늘어놓으며
15 날 천거하는 분들을 거절한 거지요.
"실은, 이미 부관을 뽑았습니다."라고 말했으니까요.

---

1) **장소** 베니스의 거리.
2) 데스데모나와 오셀로의 은밀한 결혼.

그런데 그 부관이 누군지 아세요?

참으로 대단하신 이론가,

플로렌스 출신의 마이클 카시오라고요.

20 예쁜 마누라 때문에 신세를 망칠 놈이지요.

전쟁터에서 분대 하나도 지휘해 본 적 없고,

병력 배치도 아는 게 없지요. 책에서 배운 이론 빼고는

집에서 실 잣는 아낙네보다 더 몰라요. 이론이라면야

토가3)를 걸친 집정관들도 그자만큼 능란하게

25 설명을 할 수 있지요. 실전은 없고 그저 말로만 떠벌리는 게

군인으로서 녀석이 가진 유일한 재능이에요.

그런데, 그자가 뽑혔어요.

로도스와 키프로스, 그 밖에 기독교와 이교도 전장에서

그가 직접 두 눈으로 보았던 나는, 장부 정리나 하는

30 녀석한테 옴짝달싹도 못하게 생겼다고요.

이 회계사 놈은 때맞춰 그의 부관이 되었는데,

나는 빌어먹을 그 무어인4) 양반의 기수 노릇이나 하다니.

로도리고 맹세코, 나라면 차라리

그자의 교수형 집행인이 될 걸세.

35 **이아고** 글쎄, 별수 없습니다. 이게 군인이 받는 저주니까요.

추천과 정실로 진급이 되지요.

---

3) **toga** 고대 로마의 남성이 시민임을 나타내는 표식으로 입었던 낙낙하고 긴 겉옷.

4) **Moor** 아프리카나 중동 사람을 말한다. 흔히 북아프리카 바바리 출신 사람을 일컬
으며 '이슬람교도'를 의미하기도 한다.

옛날 연공제처럼 후임자가 선임자의 뒤를 잇는

식이 아니에요. 자, 나리가 직접 판단해 보세요.

내가 이 무어인을 좋아해야 할 어떤 타당한

40 이유가 있는지 말이에요.

로도리고 나라면 그자를 따르지 않겠네.

이아고 아, 나리, 진정하세요.

그자를 이용해 실속을 차리려고 따르는 것뿐이니까요.

저마다 다 주인 노릇을 할 수는 없고, 주인이라고 해서

45 모두가 충성으로 섬기는 것도 아니에요.

나리도 알게 되겠지만

많은 자들이 순종하여 무릎을 꿇고

스스로 비굴한 노예가 되어

오로지 밥이나 얻어먹으려고 주인의 나귀처럼

50 일생을 보내다가 늙어 쫓겨나는 신세가 된답니다.

그런 충직한 녀석들은 매나 실컷 맞아야지요.

반면에 다른 녀석들은

본분을 다하는 듯 형식을 갖추고 외양을 꾸미지만

속마음은 자신들만 보살피며,

55 주인에게 봉사하는 척하지만

그를 이용해 실속을 챙기고,

원하는 걸 모두 얻으면

자신의 이익만 좋게 된답니다. 이런 친구들이 제정신이지요.

제가 바로 그런 사람입니다.

60 왜냐하면 나리가 로도리고임에 틀림없듯이,

내가 무어인이라면 이아고가 아닐 테니까요.[5]

나는 그자를 섬기지만, 사실 나 자신만을 섬기고 있습니다.

하늘이 알 겁니다, 내가 애정이나 충성심이 아니라

내 목적을 위해서 그런 척하고 있다는 것을.

65 왜냐하면 겉으로 보이는 내 행위가

내 마음속의 진정한 행동과 모습을 드러낸다면,

머지않아 내 심장을 소매에 매달아 놓고

갈까마귀들이 쪼아 먹게 하는 짓과 다를 게 없으니까요.

난 보이는 그대로의 내가 아닙니다.

70 **로도리고** 이번 일이 성공한다면

그 입술 두꺼운 놈은 복이 터지는 것이 아닌가!

이아고 그 여자 아버지를 불러냅시다.

그[6]를 깨우고, 쫓아가서, 기쁨에 독을 뿌리고,

길거리에서 그자를 비난하고, 여자의 친척들을 화나게 하고,

75 그자가 제아무리 풍요로운 곳에서 지낸다고 해도,

파리 떼가 들끓게 합시다.

그자가 진정한 기쁨을 느끼고 있다 하더라도

그자의 심기를 괴롭힐 분위기를 만들어

김이 새게 하자는 거지요.

---

5) 내가 오셀로라면 나 같은 하인이 되길 원치 않을 것이다/내가 오셀로 입장이라면
나처럼 겉으로만 충성하는 이기적인 하인에게 농락당하지 않을 것이다.

6) 오셀로를 가리킨다.

80 **로도리고** 여기가 그 여자의 아버지 집이군.

큰 소리로 부르겠네.

이아고 그래요. 겁이 난 목소리로 무섭게 외쳐 봐요.

모두들 부주의한 밤중에 이 사람 많은 도시에서

마치 불이라도 난 걸 본 사람처럼요.

85 **로도리고** 여보시오 브라반시오!

브라반시오 의원님, 여보시오!

이아고 일어나세요! 여보시오!

브라반시오, 도둑이야, 도둑!

집 안을 살펴보세요, 따님과 돈 자루도! 도둑이야, 도둑!

90 **브라반시오** 왜 이렇게 야단스럽게 *[위쪽]* 창가에서

사람을 깨우고 난린가?

대체 무슨 일이야?

로도리고 의원님, 식구들은 안에 다 계십니까?

이아고 문은 다 잠겼나요?

95 **브라반시오** 왜? 뭣 때문에 그걸 묻는 거냐?

이아고 의원님, 도둑이 들었어요.

망측하니 옷부터 걸치세요!

영혼의 반은 잃어버리셨으니 의원님 심장이 터질겁니다.

지금도, 지금, 바로 지금, 늙고 시커먼 숫양이

100 의원님의 하얀 암양을 올라타고 있어요.

일어나세요, 일어나!

종을 쳐서 코를 골며 자고 있는 시민들을 깨우세요.

안 그랬다간 악마에게서 손자를 보게 되실 테니까요.

일어나세요. 일어나!

105 **브라반시오** 뭐라고? 네놈이 정신이 나갔느냐?

로도리고 존경하는 의원님, 제 목소리를 아시겠습니까?

브라반시오 모른다. 넌 누구냐?

로도리고 제 이름은 로도리고입니다.

브라반시오 전혀 반갑지 않은 이름이군.

110 내 집 근처에는 얼씬도 말라고 했을 텐데.

내가 솔직하고 분명하게 하는 말을 듣지 않았나.

자네에게 내 딸을 줄 수 없다고 말이야.

그런데 이제는 미치고, 진탕 먹고 마시고 잔뜩 취해서

앙심을 품고 찾아왔단 말인가?

115 내 단잠을 깨우려고?

로도리고 의원님, 제발, 의원님…….

브라반시오 확실히 알아 둬야 할 게 있네.

내 성질이나 지위라면 충분히

이 일로 자네에게 쓴맛을 보여 줄 수 있다는 것을 말이야.

120 **로도리고** 진정하십시오, 의원님.

브라반시오 어찌 내게 도둑 얘기를 하는 거냐?

여기는 베니스다. 내 집은 외딴 농가가 아니라고.

로도리고 참으로 존경하는 브라반시오 의원님,

저는 그저 정직하고 순수한 마음으로 의원님께 왔습니다.

125 **이아고** 의원님, 의원님께서는 악마가 시킨다면

신까지도 저버릴 분이시군요.

우리는 의원님을 도우려 왔는데

우리를 악당이라고 여기시다니요.

그리디 따님은 바바리[7]산薄 말과 교접하게 될 겁니다.

130 의원님에게 말처럼 울어댈 손자가 생긴다고요.

힘센 커다란 말은 조카가 되고, 스페인 산 조랑말들은

가까운 친척이 될 거란 말입니다.

브라반시오 상스러운 말이나 지껄이는

비열한 네놈은 또 누구냐?

135 **이아고** 저는 따님하고 무어인이 배를 맞대고

짐승 짓을 하고 있다는 걸 알려드리러 온 사람입니다.

브라반시오 네놈은 또 웬 불한당 같은 놈이냐!

이아고 나리께서는 원로원 의원님이시고요.

브라반시오 로도리고, 이게 다 자네 책임이야.

140 난 자네를 알고 있어.

로도리고 의원님, 무엇이든 책임지겠습니다. 다만 청컨대

이것이 의원님이 현명하게 결정하여 허락하신 것이라면—

어느 정도는 그러신 것도 같지만 말이지요—

아름다운 따님이 자정이 갓 지난 한적한 이 한밤중에

145 손쉽게 부릴 수 있는 곤돌라 사공 따위의

그저 그런 호위를 받으면서 호색한

---

7) **Barbary horse** 모로코, 알제리, 트리폴리, 튀니스를 포함하는 북아프리카 지역. 여기서 바바리 말은 오셀로를 가리킨다.

무어인의 상스런 품으로 간 것이라면 말입니다.

의원님께서 그 사실을 알고 허락하신 일이라면

저희들이 주제넘게 무례한 짓을 저질렀습니다.

150 그러나 모르셨던 일이라면, 제가 아는 예법으로는

저희가 부당한 꾸지람을 들은 겁니다.

그러니 모든 예의범절을 알고 있는 제가 방자하게

존경하는 의원님을 조롱한다고 생각하지 마십시오.

다시 말씀드리지만, 의원님이 허락하신 것이 아니라면

155 따님은 엄청나게 고약한 반항을 한 것입니다.

자신의 의무와 미모와 지성과 운명을

여기저기 정처 없이 떠돌아다니는 이방인에게

맡긴 것이니까요. 당장 확인해 보십시오.

만약 따님이 자기 방이나 집 안에 있다면,

160 의원님을 이렇게 기만한 죄를 물어,

저를 국법대로 처분하십시오.

브라반시오 여봐라, 불을 밝혀라!

촛불을 가져와라! 집안 식구들을 모조리 불러라!

이 일은 내 꿈과 다르지 않구나.

165 그걸 믿자니 벌써부터 두려워지는구나.

불을 밝혀라, 어서, 불을!   *퇴장 [위에서]*

이아고 난 이만 가 봐야겠어요.

내가 무어인에게 불리한 증언을 하면 —

여기 있다가는 분명히 그리 될 터인데 —

170 　내 처지로는 적절하지도 이롭지도 않습니다.

　　왜냐하면 내가 아는 한 베니스 정부는,

　　이번 일로 그자를 문책해서 심기를 상하게 할 수는 있겠지만

　　안보를 이유로 그자를 완전히 면직시킬 수는 없거든요.

　　그건 그자가 지금 진행 중인 키프로스 전쟁에

175 　전적인 지지를 받으며 출전하기 때문이고,

　　군대를 지휘하여 그들을 구해 줄 능력을 갖춘 인물이

　　그자 외에는 없기 때문이지요. 그런 연유로,

　　비록 내가 지옥의 고통처럼 그자를 증오하지만

　　지금은 내가 살아야 하기에

180 　사랑의 깃발을 흔들며 충성하는 듯한 표시를 보여야 합니다.

　　사실은 정말 그런 척하는 것뿐이지만요.

　　당신은 분명 그자를 찾을 겁니다.

　　소집된 수색대를 새지테리[8] 여관으로 데리고 가세요.

　　난 그자와 함께 거기에 있겠습니다. 그럼, 안녕히.　　퇴장

　　가운을 입은 브라반시오와 횃불을 든 하인들 등장

185 　**브라반시오**　이건 정말 끔찍한 일이다. 딸애가 사라졌어.

　　비참한 내 여생은 쓰디쓴 고통뿐이로구나.

---

8) 사지타리우스Sagittarius, 즉 활쏘기로 유명한 켄타우로스centaur(반인반마)의
　이름을 따서 지은 여관 또는 주택을 말한다. 켄타우로스는 욕정을 연상시키며, 언
　제나 활과 화살을 지니고 다녀 일종의 짐승 형상을 한 큐피드로 볼 수도 있다.

그런데 로도리고, 어디서 그 애를 보았나? — 아, 불쌍한 것! —
무어인과 함께라고? — 이래서야 누가 아비 노릇을 하겠나? —
어떻게 내 딸인 줄 알았나? — 아, 그 애가 날 속이다니
190 믿을 수가 없구나! — 자네 보고 뭐라 하던가? —
촛불을 더 가져와라.
친척들을 모두 깨워라! 자네 생각에 그들이 결혼한 것 같나?

로도리고 정말로 그런 것 같습니다.

브라반시오 아, 맙소사! 어떻게 빠져 나갔을까?
195 아, 혈육이 배신하다니!
세상 아버지들이여, 이제부터는 딸자식의 행동만을 보고
그 마음을 믿지 마오. 젊고 순결한 처녀의 올바른 마음을
홀려 버리는 마법이라도 있단 말인가?
로도리고, 자네는 그런 것에 관한 글을
200 읽어 본 적이 있는가?

로도리고 예, 의원님, 있고말고요.

브라반시오 내 아우를 불러와라.
아, 자네가 그 아이와 결혼했더라면! —   *로도리고에게*
한 패는 이쪽으로, 또 한 패는 저쪽으로 가 봐라. — 자네는
205 어디로 가야 딸애와 무어놈을 붙잡을 수 있는지 아는가?

로도리고 그자를 찾아낼 수 있을 겁니다. 의원님께서
호위병을 든든하게 거느리고 저와 함께 가신다면요.

브라반시오 부탁하네, 어서 앞장서게.
집집마다 들러 사람을 모을 테니.

210　　대부분 내 말을 따를 걸세. ─ 여봐라! 무기를 챙겨라!

그리고 야경 대원들을 깨워라. ─

가세, 로도리고. 자네 수고는 꼭 갚겠네.　　　　　모두 퇴장

1막 2장
장면 2

오셀로, 이아고, 횃불을 든 시종들 등장

이아고　제가 비록 전쟁터에서 사람을 죽인 적이 있습니다만,

그래도 양심상 계획적인 살인을 하지 않아야 한다고

생각합니다. 저는 때로 제게 이로운 일을 하기 위해

사악한 짓을 하는 편이 아닙니다. 물론, 아홉이나 열 번쯤

5　　　놈9)의 여기 갈빗대 아래를 쑤셔 버릴까

생각한 적이 있기는 하지만요.

오셀로　내버려 두는 게 좋아.

이아고　아닙니다. 그놈이 어찌나

장군님의 명예를 더럽히는

10　　　야비하고 도발적인 언사를 떠벌리던지,

저는 성인군자는 되지 못하는 자이기에

---

9)　로도리고를 가리킨다.

참기가 힘들었습니다. 그런데 장군님, 결혼은
정말 확실히 하신 겁니까? 이 점은 명심하셔야 합니다.
그 높으신 어른께서는 많은 사랑을 받는 데다가
15   공작님 두 배나 되는 영향력을 행사할 수 있지요.
그분은 장군님을 이혼시키거나,
아니면 법률이 허용하는 범위에서
온 힘을 다해 장군님께 제제를 가하고
불만을 표시할 겁니다.
20   **오셀로** 해 볼 테면 해 보라지.
국가에 기여한 내 공로를 보아서라도
그분의 고소 정도는 문제될 게 없네. 아직
말은 하지 않았어도 — 자랑하는 게 명예가 될 때에
공표하겠지만 — 사실 나는
25   왕족의 혈통을 이어받았고, 내 공로도
내가 얻은 행운만큼이나 자랑스럽다네.
왜냐하면 이아고, 자네한테 말하네만,
내가 상냥한 데스데모나를 사랑하지 않는다면,
완전히 자유로운 내 생활을 속박하는 일 따위는
30   바다를 준다 해도 하지 않을 테니까.
그런데, 저기 저 불빛은 뭔가?

횃불을 든 카시오 [그리고 장교들] 등장

이아고 잠에서 깬 의원님과 그의 친척들입니다.

안으로 들어가시는 게 좋겠습니다.

오셀로 아니다. 만나 보겠네.

35 나의 성품, 나의 신분, 그리고 나의 결백한 영혼이

나를 바르게 보여 줄 것이니 말이야. 그들이 맞는가?

이아고 야누스 신[10]에 맹세코, 아닌 것 같습니다.

오셀로 공작의 하인들 아닌가? 그리고 내 부관도? ─

밤중에 수고들 많소, 여러분.

40 무슨 일인가?

카시오 장군님, 공작께서 인사를 전하십니다.

그리고 서둘러 들어오라는 분부십니다.

지금 당장에요.

오셀로 자네 생각에는 무슨 일인 것 같은가?

45 **카시오** 키프로스에서 무슨 전갈이 온 모양입니다.

긴급한 일입니다. 오늘밤 군함들이

전령을 십여 명이나 잇달아 보냈습니다.

그래서 많은 의원들이 잠자리에서 일어나

이미 공작님 댁에 모여 있습니다.

50 장군님을 급히 모셔 오라는 분부였지만

숙소에 안 계셔서 원로원에서 세 패로 나누어

사람을 보내 장군님을

---

10) Janus 로마 신화에 나오는 두 얼굴의 신.

찾고 있습니다.

오셀로 자네가 나를 찾았으니 다행이군.

55 집 안에 들어가서 한마디 일러두고 나서

자네와 함께 가겠네. *[퇴장]*

카시오 기수, 장군은 여기서 뭘 하고 계신가?

이아고 실은 장군께서 오늘 밤

보물선11)에 올라타셨습니다.

60 만일 그게 합법적인 전리품이었다면, 평생 복이 터진 거지요.

카시오 무슨 소린지 모르겠군.

이아고 결혼을 하셨다고요.

카시오 누구와?

이아고 상대는 ―

[오셀로 등장]

65 자, 장군님, 가실까요?

오셀로 같이 가세.

카시오 또 다른 패거리가 장군님을 찾으러 몰려옵니다.

브라반시오, 로도리고, 횃불을 든 장교들 등장 그리고 무기도

---

11) 육상 보물선에서 '보물'은 여성의 음부나 정조에 대한 완곡한 표현이다.

이아고 브라반시오 의원입니다. 장군님, 조심하십시오.

앙심을 품고 오는 겁니다.

70   **오셀로** 이봐! 거기 서라!

로도리고 의원님, 무어 놈입니다.

브라반시오 저 도둑놈을 때려눕혀라!   모두 칼을 뽑는다

이아고 로도리고, 덤벼라! 자, 내가 상대해 주겠다.

오셀로 번쩍이는 칼을 거두어라.

75   밤이슬을 맞으면 녹슬어 버릴 테니.

존경하는 의원님, 그만한 연세에 무기보다는

명령을 내리셔도 될 텐데요.

브라반시오 오, 이 간악한 도둑놈,

내 딸을 어디다 감추었느냐?

80   저주받을 놈, 내 딸을 호리다니.

분별 있는 모든 이들에게 물어볼 것이다 —

그 애가 마법의 사슬에 걸려든 게 아니라면 —

그렇게 상냥하고, 어여쁘고, 행복한 처녀애가,

결혼이 그렇게도 싫어 이 나라의 유복하고 멋진

85   귀공자들도 거들떠보지 않던 그 애가 — 세상의

웃음거리가 되는 것도 마다 않고 — 아비의 슬하를 벗어나,

기쁨은커녕 소름만 끼치는 너 같은 놈의 그 시꺼먼

가슴으로 뛰어들 리가 있겠느냐?

세상 사람들이 판단케 하라. 네놈이 그 애한테

90   사악한 마법을 걸고, 정신을 흐리는 약이나 광천수로

그 여리고 어린 것을 타락시킨 것이 너무도

자명하지 않은가 말이다. 정식으로 따져 볼 것이다.

충분히 가능하고, 분명히 판단할 수 있는 일이다.

그래서 나는 네놈을 세상을 기만하고

95 금지된 불법 술수를 사용한 죄로

체포하고 구속한다.

저놈을 붙잡아라. 만약 저항하면

사정없이 제압해라.

오셀로 멈춰라.

100 우리 쪽 사람들과 나머지 사람들 모두.

이것이 나더러 싸워도 된다는 표시였다면, 별다른 말 없이도

내가 알았을 것이다. 자, 의원님의 비난에 해명하려면

제가 어디로 가야 좋겠습니까?

브라반시오 당연히 감옥으로 가야지. 적당한 때에

105 법과 재판 절차에 따라 네가 답변하도록

부를 때까지.

오셀로 의원님 말씀에 제가 따른다면요?

공작께서 그걸 납득하실까요?

국가의 긴급한 사태 때문에 그분께서

110 저를 부르러 보낸 전령들이 이렇게

제 곁에 와 있는데도 말입니다.

장교 사실입니다. 존경하는 의원님,

공작께서는 지금 의원회를 소집하셨습니다.

의원님께도 분명 사람이 갔을 겁니다.

115 **브라반시오** 뭐라고? 공작께서 의원회를 소집 중이라고?

이 한밤중에? 저놈을 데려가라.

내 문제도 사소한 것이 아니다.

공작이나 동료 의원들 어느 누구도

자기 일인 양, 이 일이 잘못된 것임을 지적할 것이다.

120 이따위 행위가 자유롭게 허용된다면,

노예들과 이교도들이 이 나라를 다스리게 될 테니까.

모두 퇴장

1막 3장12)

장면 3

공작과 원로원 의원들이 등장,

탁자에 불이 켜져 있고 시종들이 둘러서 있다

공작 들어오는 소식들마다 일관성이 없으니

믿을 수가 없군.

의원1 정말 앞뒤가 맞지 않습니다.

내 편지에는 군함이 백일곱 척이라고 되어 있는데요.

---

12) **장소** 베니스(공작의 집/회의실).

5   **공작** 내 것에는 백사십 척이오.

의원2 난 이백 척이군요.

숫자가 정확하게 일치하지는 않지만—

이처럼 추측으로 하는 보고는 흔히 차이가

있게 마련입니다—어쨌든 이 모든 편지에서 확실한 것은

10 터키 함대가 키프로스로 향하고 있다는 사실입니다.

공작 사실, 충분히 그렇게 판단할 수 있는 일이오.

숫자에 일관성이 없는 것은 납득이 가지 않지만

그 보고의 요지가 걱정스럽다는 것만은

인정하오.

15 **수병** 여보세요! 여보세요! 여보세요!   안에서

수병 등장

장교 함대에서 전령이 왔습니다.

공작 지금? 무슨 소식인가?

수병 터키 함대가 로도스를 향하고 있습니다.

안젤로 나리께서 정부에 이렇게 보고하라고

20 명하셨습니다.

공작 이런 변화를 어떻게들 생각하시오?

의원 이성적으로 판단해 보면 그럴 리가 없습니다.

우리의 주의를 딴 곳으로 돌리려는 눈속임입니다.

키프로스가 터키에게 중요하다는 사실을 고려해보면,

25 터키는 로도스보다 키프로스에 관심이 있으며

보다 쉽게 그곳을 차지할 수 있다는 것을 알 수 있습니다.

왜냐하면 그곳은 전쟁 방어 태세가 되어 있지 않으며,

로도스가 갖추고 있는 방어 능력이 없기 때문이지요.

이런 사실을 염두에 둔다면

30 터키가 가장 관심이 있는 곳을 맨 뒤에 남겨 놓고,

쉽게 이익을 얻을 수 있는 곳을 포기한 채

쓸데없는 위험을 자초할 정도로

터키 왕이 미숙하다고 생각해서는 안 됩니다.

공작 그렇소, 확실히 로도스는 목표가 아니오.

35 **장교** 또 다른 보고가 들어왔습니다.

전령 등장

장교 존경하는 의원님들, 로도스 섬을 향해 가던

오토만 터키인들이 그곳에서 후속 함대와 합류했습니다.

의원 그래, 그럴 줄 알았다. 몇 척이나 돼 보이던가?

전령 서른 척 가량입니다. 지금 뱃머리를 되돌려

40 그들의 의도대로 버젓이 키프로스로 향하고 있습니다.

공작님이 신임하시는 가장 용감한 충복 몬타노 총독께서

한결같은 충성심으로 이렇게 보고드리면서

자신을 믿어 달라고 간청하셨습니다.   *[전령 퇴장]*

공작 그렇다면 키프로스가 확실하군.

45 마커스 루시코스는 지금 베니스에 없는가?

의원1 그는 지금 플로렌스에 있습니다.

공작 그에게 편지를 써서 황급히 전하라.

의원1 브라반시오 의원과 용맹한 무어인이 옵니다.

브라반시오, 오셀로, 카시오, 이아고, 로도리고, 장교들 등장

공작 용감한 오셀로, 만인의 적 터키군을 격퇴하는 임무를

50 그대가 당장 맡아 줘야겠소.

오신 것을 보지 못했는데, 잘 오셨소, 의원.   *브라반시오에게*

오늘 밤 당신의 조언과 도움이 필요했소이다.

브라반시오 저 역시 그렇습니다.

공작, 절 용서하십시오.

55 제가 잠자리에서 일어난 것은 제 지위 때문도 아니고

업무에 대한 어떤 소식을 들어서도 아닙니다.

그렇다고 백성들을 걱정하는 마음 때문도 아닙니다.

제 개인적인 슬픔이 봇물 터지듯 넘쳐나

다른 슬픔들을 걷잡을 수 없이 집어삼키고도

60 가시지 않기 때문입니다.

공작 왜, 무슨 일이오?

브라반시오 내 딸! 아, 내 딸이!

의원들 죽었소?

브라반시오 제게는 그런 셈입니다.

65 딸아이는 돌팔이가 파는 주문과 약물로
농락당하고, 납치되어 더럽혀졌습니다.
본성이 그토록 터무니없이 빗나가는 건 ─
모자라거나, 눈이 멀거나, 정신을 놓은 것도 아닌데 ─
마법 없이는 불가능합니다.

70 **공작** 그자가 어떤 자든 이런 비열한 방법으로
당신 딸의 넋을 빼앗고, 당신에게서 딸을 빼앗았다면
죽음을 언도하는 법전이 지닌 원래의 뜻에 따라
가장 혹독한 해석을 할 수 있도록 하겠소.
설사 내 친아들이 고소를 당했더라도 말이오.

75 **브라반시오** 진심으로 감사드립니다.
바로 여기 이 무어인입니다.
나랏일 때문에 공작님의 특명을 받고
지금 여기에 나온 모양처럼 보이긴 합니다만.

모두 정말 유감스럽군요.

80 **공작** 장군 입장에서는 뭐 할 말이 없소?   오셀로에게

브라반시오 할 말이 없겠지요. 사실이 그러니.

오셀로 참으로 위세 높고, 근엄하시고, 존귀한 의원님들,
고귀하고 존경받는 훌륭한 어르신들,
제가 이 어르신의 따님을 데려간 것은

85 틀림없는 사실입니다. 그녀와 결혼한 것도 사실입니다.
제가 저지른 죄의 전말은 거기까지이며,
그 이상은 아닙니다. 제 말솜씨는 거칠고,

부드럽고 평화롭게 말하는 재주는 없습니다.

왜냐하면 제 이 두 팔에 힘이 붙기 시작한 일곱 살 이후로

90 지금까지, 아홉 달을 제외하고는 막사를 친 전쟁터에서

두 팔을 가장 소중하게 사용하며 살아왔으니까요.

저는 전쟁과 무공에 관련되는 일 외에

이 넓은 세상에 대해서는 드릴 말씀이 없습니다.

그래서 제 자신을 변호하면서 제 주장을

95 미화하지 않을 것입니다.

그러나 의원님들께서 참고 들어 주신다면,

제 사랑의 모든 과정을

있는 그대로 꾸밈없이 말씀드리겠습니다.

어떤 약, 어떤 부적, 어떤 주문, 어떤 강력한 마술로—

100 그런 수단을 썼다는 이유로 고소당하고 있습니다만—

제가 의원님 따님의 마음을 얻었는지를 말입니다.

브라반시오 딸아이는 결코 대담하지 않습니다.

너무나도 얌전하고 조용해서 마음속 자연스런 충동에도

얼굴을 붉혔지요. 그런 아이가 본성,

105 나이, 국적, 평판, 그 모든 것을 내팽개친 채,

보는 것조차 무서워했던 자와 사랑에 빠지다니!

완벽한 사람도 모든 본성의 법칙을 어기고

그렇게 실수할 수 있다고 인정하는 것은

비정상적이며 가장 불완전한 판단입니다.

110 어떻게 일이 이 지경까지 된 것인지,

교활한 지옥의 수법을 밝혀내야만 합니다.

따라서 다시 한 번 단언하건대,

이자는 강력하게 욕정을 일으키는 어떤 합성 약물이나,

아니면 이런 효과를 내는 마법의 약을 사용해서

115 　내 딸아이를 홀린 것입니다.

공작 이렇게 단언한다 해서 증거가 될 수는 없는 일이오.

좀 더 확실하고 명백한 증거가 없다면

그에 대해 말씀하신 것들은

진부한 추측에서 나오는 피상적인 의견이고

120 　희박한 가능성일 뿐이오.

의원1 한데, 오셀로, 말해 보시오.

당신은 정말 부정하고 강압적인 방법으로

이 젊은 처녀의 사랑을 사로잡고 더럽혔소?

아니면 마음과 마음이 자연스레 허락하여

125 　아름다운 대화와 간청에 의해 사랑을 얻은 것이오?

오셀로 의원님들께 간곡히 청하는 바입니다.

새지테리로 사람을 보내 그녀를 불러

부친 앞에서 저에 대해 말하게 해 주십시오.

그녀의 입을 통해 저의 잘못을 찾으신다면,

130 　여러분이 제게 주신 신뢰와 지위를 박탈할 뿐만 아니라

제게 사형선고를 내리셔도 좋습니다.

공작 데스데모나를 이곳으로 데려오라.

오셀로 기수, 그들을 안내하게. 　　　　　　　　*이아고에게*

장소는 자네가 가장 알 테니까.　　[이아고와 시종들 퇴장]

135　그리고 그녀가 올 때까지, 제 혈기로 저지른 잘못을

하늘에 고백하듯, 진심을 다해

제가 어떻게 이 아름다운 아가씨의 사랑을 얻어냈으며

그녀가 어떻게 제 사랑을 얻게 되었는지

존엄하신 의원님들의 귀에 정직하게 말씀드리겠습니다.

140　**공작**　말해 보시오, 오셀로.

오셀로　그녀의 부친은 저를 아끼고, 또 자주 초대하셨고,

해마다 제가 살아온 이야기를 계속해서 물으셨습니다.

주로 제가 경험한 전투, 포위, 운명에 관한 것이었지요.

그래서 저는 제 어린 시절부터 제게 이야기를 명하신

145　바로 그 순간까지 모든 것을 말씀드렸습니다.

가장 비참했던 사건들, 바다와 육지에서 겪은

감동적인 모험들, 죽음을 앞둔 위기일발의 순간에

요새를 간신히 빠져나온 이야기,

오만한 적군에 사로잡혀

150　노예로 팔려갔다가 그곳에서 구원받은 이야기,

그리고 방랑하며 겪었던 일들,

이를테면 거대한 동굴과 황량한 사막,

거친 돌산, 암벽, 하늘에 닿을 듯한 높은 산,

이런 것들을 말씀드릴 기회가 되었고

155　그렇게 이야기를 했습니다.

그리고 서로를 잡아먹는 식인종 앤스로포파자이족과

어깨 아래에 머리가 달린 사람들의 이야기도 했습니다.

데스데모나는 이런 이야기를

진지하게 듣곤 했습니다.

160 하시만 늘 집안일 때문에 자리를 뜨곤 했는데,

서둘러서 일을 끝내고 돌아와

제 이야기를 집어삼키려는 듯 열심히 귀를 기울였습니다.

저는 그 사실을 알고는

적절한 때를 잡아, 적당한 방법으로

165 그녀가 제게 간청할 수 있도록 유도했습니다.

그것은 그녀가 부분적으로만 들었고

집중해서 듣지 못했던 제 인생 이야기 모두를

들려 달라고 하는 것이었고, 저는 동의했습니다.

젊은 시절에 고생했던 비참한 이야기를 들려주면

170 그녀는 눈물을 흘리곤 했습니다.

제 이야기가 끝나면,

그녀는 제가 겪은 고통에 마음 아파하며

깊은 한숨을 쉬었고

"정말로 이상해요, 참으로 이상해요!"

175 "불쌍해요, 너무나 불쌍해요!"라고 말하곤 했지요.

그녀는 차라리

이야기를 듣지 않았으면 좋았을 것이라고 말하면서도

하늘이 자신을 그런 남자로 태어나게 했더라면 하고

바라기도 했습니다.

180   그녀는 고마워하며 말했습니다.

만약 제 친구 가운데 그녀를 사랑하는 이가 있다면,

그에게 제 이야기를 들려주도록 가르쳐 주는 것만으로

그녀에게 구애하는 게 될 거라고요.

이 말에 암시를 얻어 저는 그녀에게 구애했습니다.

185   그녀는 제가 겪은 위험을 동정하여 저를 사랑했고,

저는 그녀가 그 위험을 동정했기 때문에

그녀를 사랑했습니다.

이것이 제가 사용한 유일한 마법입니다.

그녀가 왔습니다. 그녀의 증언을 들어 보십시오.

데스데모나, 이아고, 수행원들 등장

190   **공작** 이런 이야기라면 내 딸도 넘어가겠소.

브라반시오 의원님.

이 뒤얽힌 문제를 최선을 다해 풀어 봅시다.

맨주먹보다는 부러진 무기라도 사용하는 것이

낫겠지요.

195   **브라반시오** 딸아이의 말을 들어 주십시오.

딸애가 구애의 절반은 자기가 했다고 고백한다면,

그를 잘못 비난한 제게 파멸이 내려도 좋습니다!

이리 오너라, 얌전한 내 딸아.   데스데모나에게

이 모든 훌륭하신 분들 앞에서

200 네가 누구에게 가장 순종해야 하는지 말해 주겠느냐?

데스데모나 고귀하신 아버지,

저의 의무는 두 가지로 나뉘어져 있습니다.

아버지께서는 저를 낳아 주시고 길러 주셨습니다.

저를 낳고 또 길러 주신 은혜로

205 아버지를 공경하도록 배웠습니다.

아버지는 제가 의무를 다해야 하는 주인이십니다.

지금까지 저는 아버지의 딸이었습니다.

하지만 여기에 남편이 있습니다.

어머니께서 외조부님보다 아버지를

210 더 소중하게 여기며 보여 주셨던 그만큼의 의무를,

저도 제 주인인 무어 장군님께

다해야 한다고 생각합니다.

브라반시오 잘 가거라! 다 끝났습니다.

공작님께서는 이제 국사를 논하여 주십시오.

215 자식을 낳느니 차라리 얻어다 기르는 편이 낫겠습니다.

이리 오게, 무어.

아직 자네 것이 되지 않았다면,

진정 자네에게서 지키고 싶었던 내 딸을

진심으로 자네에게 주겠네.

220 ─ 보배 같은 애야, 너를 보니   *데스데모나에게*

내게 다른 아이가 없다는 것이 천만다행이다.

네가 달아남으로써 내가 독재를 배워

다른 아이들에게 족쇄를 채우려고 했을 테니 말이다.

— 공작님, 제 일은 끝났습니다.

225 **공작** 내가 의원의 입장에서 한마디 하리다.

이 연인들을 돕는 발판이 될 만한 교훈을 들려 주겠소.

치유책이 없을 때는 슬픔도 끝이 나는 법이지요.

최악을 보고 지금까지 기대하던 희망을 거두기 때문이오.

이미 지나가 버린 불행을 슬퍼하는 일은

230 새로운 불행을 부르는 지름길이 될 뿐이지요.

운명의 여신이 빼앗아 갈 때 지킬 수 없는 것이라면

인내하는 것이야말로 그 상처를 조롱거리로 만든다오.

도둑을 맞아도 웃는 자는 도둑한테 뭔가를 빼앗지만,

부질없이 슬픔에 잠기는 자는 자신을 빼앗기는 셈이오.

235 **브라반시오** 그럼 터키군이 우릴 속여 키프로스를 차지해도,

우리가 웃을 수 있다면 그것을 잃지 않은 셈이군요.

교훈을 제일 잘 견디는 자는 아무것도 견디지 않고

오로지 교훈이 들려 주는 편안한 위안만 견디는 자이지요.

하지만 인내를 빌려 슬픔을 삭여야 하는 자는

240 그 교훈과 슬픔 모두를 견뎌야 합니다.

그런 교훈은 설탕처럼 달기도 하고, 쓸개즙처럼 쓰기도 해서

상황에 따라 모두 뜻이 통하니 애매한 말이지요.

하지만 말은 말일 뿐입니다.

상처 입은 마음이 귀를 통해 위로받았다는 이야기는

245 들어 본 적이 없습니다.

부디 이제 국사 진행에 들어가 주시기 바랍니다.

공작 터키군이 아주 강력한 함대를 이끌고

키프로스로 향하고 있소.

오셀로, 그곳의 군사력은 장군이 가장 잘 알고 있소.

250 우리가 비록 최고 능력을 인정받는 대리인을

그곳에 두고 있지만,

일의 결과를 좌우하는 절대적인 여론에 따르면,

장군이 가야 좀 더 안전하다는 것이오.

그러니 장군이 새롭게 얻은 행운의 빛13)이

255 더욱 힘들고 거친 원정 때문에

흐려지는 것을 이해해 줘야겠소.

오셀로 존경하는 의원님들, 습관이란 폭군과 같아서

전쟁터의 돌과 딱딱한 쇠로 된 침대14)가

제게는 세 번이나 고른 깃털로 만든 부드러운 침대와

260 매한가지가 되었습니다.

저는 곤경에 처하면 천성적으로 기민하게

대처할 수 있습니다.

터키군과의 이번 전쟁을 치르겠습니다.

그러므로 공작님의 권위에 겸손하게 몸을 낮춰 청하건대,

265 제 아내에게 적절한 대우를 해 주십시오.

적당한 거처와 금전적 배려, 그리고 더불어

---

13) 딸의 결혼을 이르는 말.
14) 갑옷을 입고 땅에서 자야 하는 것을 말한다.

그녀 신분에 맞는 편의와 수행원들을

제공해 주시기 바랍니다.

공작 괜찮다면, 친정에서 지내는 건 어떻소?

270 **브라반시오** 그렇게 할 수는 없습니다.

오셀로 저도 원치 않습니다.

데스데모나 저 역시 그곳에서 지내지 않겠습니다.

아버지의 눈에 띄어 심기를 불편하게

하고 싶지 않아요. 자비로우신 공작님,

275 제가 드리는 말씀을 호의적으로 들어 주시고,

다소 어리석은 말씀을 드리더라도

공작님이 직접 허락의 말씀을 내려 주십시오.

공작 데스데모나, 원하는 게 무엇인가?

데스데모나 제가 무어 장군을 사랑하여

280 함께 살고자 한다는 사실은

당돌하고 규범을 어긴 제 행동과 폭풍 같은 운명 때문에

온 세상에 알려졌을 것입니다. 제 마음은

주인의 타고난 성품 그 자체에 완전히 매료되었습니다.

저는 오셀로 장군의 얼굴에서 그의 마음에서 보았고,

285 그분의 명예와 용맹한 자질에

제 영혼과 운명을 바쳤습니다.

그러니, 친애하는 의원님들,

저만 한가로운 나방처럼 뒤에 남고,

그분은 전쟁터로 나간다면,

290   저는 그분과 사랑을 나눌 특권을 빼앗기게 되고,

그분이 없는 동안 힘든 시간을 보내야 할 것입니다.

저도 그분과 함께 가도록 해 주십시오.

오셀로 아내의 말대로 해 주십시오.

하늘에 맹세코, 제가 간청드리는 것은

295   제 구미를 채우기 위해서라거나,

정욕에 굴복해서가 아니라 ─성적 욕망을 채우려는

젊은 열정은 제게서 사라졌습니다─

다만 너그러이 아내의 마음을 따르고 싶기 때문입니다.

또한 하늘에 맹세코, 아내와 함께 있다는 이유로

300   제가 국가의 심각하고 중대한 업무를 소홀히 할 것이라고

생각하지는 말아 주십시오.

날개 달린 큐피드의 화살이 사랑을 나눈 후에 나른함으로

나랏일을 돌보는 지적 능력을 눈멀게 하여

쾌락에 빠져 제 본분을 망치고 더럽힌다면,

305   아낙네들이 제 투구를 냄비로 쓰게 하고

온갖 수치스럽고 비열한 불운이

제 명성을 덮치게 하십시오!

공작 그녀가 이곳에 머무르든 함께 가든

그것은 장군이 알아서 결정하시오.

310   사태가 매우 급박하니 신속히 대처하도록 하시오.

의원1 오늘 밤에 출발하셔야 하오.

오셀로 기꺼이 그리하겠습니다.

공작 내일 아침 아홉 시에 이곳에 다시 모이시오.

오셀로, 장교 한 사람을 남겨 두시오.

315 그자 편에 우리의 위임장을 보내겠소.

그리고 장군과 관련된 그 밖의 중요한 것들도

함께 보낼 것이오.

오셀로 괜찮으시다면 제 기수를 남겨 두겠습니다.

그는 정직하고 믿을 만한 자입니다.

320 제 아내의 호위를 그에게 맡길 것이오니,

그 밖에 공작님께서 필요하다고 생각하는 것은

기수 편에 전해 주십시오.

공작 그렇게 하시오.

모두 편히 쉬시오. ─그리고 고귀한 의원님,　*브라반시오에게*

325 미덕에는 기분 좋은 아름다움이 따르는 법이듯이,

사위는 검은 게 아니라 오히려 아름답소이다.

의원1 잘 가시오, 용맹한 무어인, 데스데모나에게 잘하시오.

브라반시오 저 아이를 조심하게,

무어, 자네도 보는 눈이 있다면.

330 아비를 속였으니, 자네도 속일 수 있겠지.

퇴장[공작, 의원들, 장교들]

오셀로 아내의 정절에 내 목숨을 걸겠네! 정직한 이아고,

데스데모나를 자네에게 맡겨야겠네.

자네 아내가 그녀를 시중들도록 부탁하네.

그리고 가장 좋은 때를 살펴 두 사람을 데려오게.

335 　자, 데스데모나, 당신과 함께 사랑을 나누고,

세상 이야기를 하고, 이것저것 이르며 보낼 시간이

한 시간밖에 남지 않았소. 시간을 지켜야 하오.

　　　　　　　　　　　　　　퇴장[오셀로와 데스데모나]

로도리고 이아고!

이아고 무슨 일이시오, 귀하신 양반?

340 **로도리고** 난 어떻게 하면 좋겠나?

이아고 뭐, 가서 잠이나 자요.

로도리고 당장 물에 빠져 죽어 버리겠네.

이아고 만약 그런 짓을 한다면,

다시는 당신을 좋아하지 않을 겁니다.

345 어리석은 양반 같으니라고, 왜 그래요?

로도리고 사는 게 고통일 바에야

살아 있다는 것이 어리석은 일이지.

죽음만이 우리 병을 고치는 의사일 때는,

죽는 것이 처방이라는 소릴세.

350 **이아고** 참 고약한 소리군요! 난 세상을 일곱 해씩

네 번이나 살아오면서 이득과 손해를

구별하게 된 이후로, 자신을 사랑할 줄 아는

자를 만나 본 적이 없어요. 나라면 창녀를 사랑하기

때문에 물에 빠져 죽겠다고 말하기 전에,

355 내 인간성을 개코원숭이와 바꿔 버리겠습니다.

로도리고 내가 어떻게 하면 좋겠나? 이렇게 푹 빠져 버린 게

창피한 줄은 알지만, 천성적으로 어떻게 할 수가 없네.

이아고 천성이라고요? 헛소리 말아요.

이렇게 저렇게 되는 것은 다 자신 탓이에요.

360 우리 몸이 정원이라면, 우리 의지는 정원사니까요.

그러니 우리가 쐐기풀을 심거나 상추씨를 뿌리든,

히솝풀을 심고 백리향을 뽑아 버리든,

한 가지 풀로 채우거나 여러 종류를 섞어 심든,

게을러서 정원을 불모지로 만들거나 부지런히 거름을 주든,

365 이 모든 일을 하고 또 바로잡을 수 있는 힘과 권한은

우리 의지에 있어요.

삶의 저울대에서 한쪽에 있는 이성의 눈금이

다른 쪽에 있는 욕정의 눈금과 균형을 이루지 못하면,

본성에서 비롯된 욕정과 천박함 때문에

370 가장 터무니없는 결과를 맞게 됩니다.

하지만 우리에게는 이성이 있어서 날뛰는 충동,

끓어오르는 욕정, 무절제한 욕망을 식혀 주지요.

당신이 사랑이라고 부르는 이것도

이런 욕망의 가지에 불과하다고 생각합니다.

375 **로도리고** 그럴 리가 없어.

이아고 그건 단지 피 끓는 욕정이고 의지가 허락한 거예요.

자, 남자답게 굴어요. 물에 빠져 죽는다고요?

고양이와 눈먼 강아지 따위나 빠뜨리든지.

나는 당신의 친구라고 공언했으니, 당신이 베푼 호의에

380 나 자신이 끊어지지 않는 단단한 밧줄로 매여 있다고
    고백해요. 지금이야말로 내가 당신을 가장 잘 도울 수 있어요.
    지갑에 돈을 넣고 전쟁터로 쫓아가세요.
    가짜 수염으로 변장을 하라고요.
    다시 말하지만, 지갑에 돈을 준비해요.
385 무어인을 향한 데스데모나의 사랑이
    오래 지속될 리 없어요.
    지갑에 돈을 준비해요.
    그녀를 향한 무어인의 사랑도 마찬가지라고요.
    그녀가 격정적으로 시작했으니,
390 그에 걸맞은 결별을 보게 될 겁니다.
    지갑에 돈만 준비하면 되는 거지요.
    무어인들은 쉽게 마음이 변하는 사람들이니
    지갑에 돈을 준비하세요.
    지금은 그에게 로커스트15)처럼
395 달콤한 음식이 곧 콜로신스 오이16)처럼
    쓴맛을 내게 될 거예요.
    데스데모나도 분명 젊은 상대를 원할 겁니다.
    그자의 몸뚱이에 싫증이 나면,
    자신의 선택이 잘못이었다는 걸 알게 되겠지요.
400 그러니 지갑에 돈이나 챙겨 두세요.

---

15) locusts 구주콩나무 열매. 달고 즙이 많기 때문에 음식 맛을 내는 데 쓰인다.
16) coloquintida 박과 식물로 열매는 쓴맛이 난다.

스스로 저주하고 싶다면, 익사하는 것보다는

좀 더 세련된 방법으로 해요.

모을 수 있는 돈은 다 모아요.

떠돌이 야만인과 최고로 교활한 베니스 여인 사이의

405 신성한 의식과 연약한 맹세가,

나의 기지와 지옥의 모든 족속들이 깨지 못할 만큼

단단한 게 아니라면, 당신은 그녀를 얻게 될 겁니다.

그러니 돈을 마련하란 말이에요.

물에 빠져 죽는다는 생각은 집어치워요!

410 정말 바보짓이라고요. 여자도 얻지 못하고 물에 빠져 죽느니,

쾌락을 좇다가 교수형당하는 게 낫지요.

로도리고 내가 끝까지 해보겠다면

자네가 내 소원을 풀어 주겠나?

이아고 나를 믿어요. 가서 돈을 마련해요.

415 몇 번이나 얘기했지만, 다시 거듭거듭 말하는데,

난 무어 놈을 싫어합니다. 그 이유는 가슴에 맺혀 있고,

당신도 그에 못지않은 이유가 있잖아요.

힘을 합쳐 그자에게 복수하자고요. 당신이 그자 아내와

정을 통하면 당신은 재미를 보고 나는 놀이를 즐기는 셈이지요.

420 시간의 자궁 속에는 많은 사건들이 있어서

때가 되면 세상에 나옵니다.

움직여요, 가서, 돈을 마련하라고요.

이 일은 내일 더 얘기합시다. 잘 가요.

로도리고 내일 아침 어디서 만날까?

425 **이아고** 우리 집에서요.

로도리고 일찍 가겠네.　　　　　　　　　　*로도리고가 떠날 때*

이아고 좋아요, 안녕히 가세요.

내 말 알아들었죠, 로도리고?

로도리고 땅을 모조리 팔아치울 테다.　　　　　　　*퇴장*

430 **이아고** 이렇게 나는 항상 바보를 내 지갑으로 삼지.

저런 멍청이와 시간을 보내면서 재미와 이익을 보지 못한다면,

내가 얻은 지혜를 모독하는 짓이지.

난 무어 놈을 증오한다.

그자가 내 침대에서

435 내 아내와 그 짓을 했다는 소문이 있는데,

그게 사실인지는 잘 모른다.

하지만 난 그런 일에는 단지 의심만으로도

마치 확실한 것처럼 행동하지.

그자는 날 좋게 생각한다.

440 그러니 내 목적이 더 쉽게 이루어질 수 있는 거지.

카시오는 잘생긴 놈이다. 자, 생각 좀 해 보자.

이중 속임수로 그자의 자리를 빼앗고

내 뜻을 이루는 거야. 어떻게, 어떻게 하지? 어디 보자.

얼마쯤 후에, 오셀로의 귀를 속이는 거야.

445 카시오가 그의 아내와 너무 친하다고 말이지.

그자는 잘생긴데다가 행동거지도 세련돼서

의심받기 십상이지. 여자를 타락시킬 만하니까.

무어 놈은 관대하고 화통한 성격이라

겉으로만 정직해도 실제로 그렇다고 생각하지.

450   그러니 당나귀처럼 코를 꿰여

쉽게 끌려 다닐 거란 말이지.

됐어. 이제 이것이 생겨났으니 지옥과 밤이

이렇게 탄생한 괴물에게 세상 빛을 보여 주어야 해.   *[퇴장]*

제2막

2막 1장17)

장면4

몬타노와 신사 두 명 등장

몬타노 곶18)에서 보면 바다에 뭔가 보이는가?

신사1 아무것도 안 보입니다. 풍랑이 거세군요.

하늘과 바다 사이에 배 한 척도

보이지 않습니다.

5 **몬타노** 육지에서도 바람이 심하게 불었지요.

이토록 강한 바람이 성벽을 뒤흔든 적은 처음이었소.

바다에서 이렇게 거센 바람이 몰아쳤다면,

참나무로 만든 배인들 산더미 같은 파도에

어찌 견딘단 말이오? 그래, 어떤 소식이 올 것 같소?

10 **신사2** 터키 함대가 흩어졌다는 소식이겠지요.

파도가 부서지는 바닷가에 서 있기만 해도 알겠네요.

해안에 부딪쳐 솟구치는 파도가 구름에 닿는 듯하고,

거센 바람에 갈기를 무섭도록 높이 세운 큰 물결은

불타는 작은곰자리에 물을 끼얹어, 영원한 붙박이

15 북극성의 호위별19)들을 꺼 버리는 것 같지 않나요?

---

17) **장소** 키프로스의 항구, 선착장 근처.

18) 바다 쪽으로 좁고 길게 뻗어 있는 육지의 끝 부분.

19) 작은곰자리의 두 개의 별, 북극성 다음으로 밝다.

성난 바다가 이렇게 날뛰는 광경은

본 적이 없습니다.

몬타노 터키 함대가

피신처를 찾거나 만灣으로 들어가지 못했다면,

20 모두 침몰했을 거요.

이런 풍랑을 견뎌 내기란 불가능하오.

신사3 등장

신사3 여러분, 새로운 소식이라오! 전쟁은 끝났습니다.

지독한 폭풍이 터키군을 강타해서,

그들의 계획이 수포로 돌아갔습니다.

25 베니스에서 온 배 한 척이

터키군 함대가 대부분 처참하게 부서지고

박살난 광경을 목격했답니다.

몬타노 아니, 그게 사실이오?

신사3 베로나의 그 배가 지금 여기 들어와 있습니다.

30 용맹한 무어인 오셀로 장군의 부관

마이클 카시오가 상륙했습니다.

무어 장군은 아직 해상에 있고,

키프로스의 전권을 위임받고 이곳으로 오고 계시답니다.

몬타노 반가운 소식이오. 그는 훌륭한 총독이지.

35 **신사3** 그런데 이 카시오라는 사람은 터키군의 패배에

기뻐하면서도 한편으로는 무거운 표정으로

무어 장군이 무사하기를 기도하고 있습니다.

사납고 거친 폭풍 때문에 두 사람이 헤어졌다는군요.

몬타노 무사하시길 하늘에 빌어야지.

40 　내가 그분을 모신 적이 있는데,

그분은 진정한 군인답게 통솔하시지.

자, 바닷가로 가 봅시다! 들어오는 배도 보고

푸른 바다와 파란 하늘을 구분할 수 없을 때까지,

용맹한 오셀로 장군을 찾아봅시다.

45 **신사3** 좋아요, 그럽시다.

시시각각으로 사람들이 도착할 테니까요.

카시오 등장

카시오 이 견고한 섬의 용맹한 분들이 이렇게

무어 장군을 인정해 주시니 감사합니다. 아, 하늘이시여,

비바람으로부터 그분을 지켜 주소서.

50 　저는 위험한 바다에서 그분을 잃어버렸습니다.

몬타노 그분의 배는 안전합니까?

카시오 그분의 배는 튼튼한 목재로 만들었고,

키잡이는 실력을 인정받은 전문가입니다.

그렇기 때문에 제 희망은 지나친 것이 아니라,

55 　가능성이 충분합니다.

〔목소리〕 배다, 배야, 배가 들어온다!　　　　　안에서

카시오　웬 소란이오?

신사　시내가 텅 비었습니다.

사람들이 모두 바닷가 절벽으로 몰려가서

60　　"배다!" 하고 외칩니다.

카시오　총독님의 배라면 좋겠는데.　　　예포 소리가 들린다

신사　예포를 발사했습니다.

적어도 우리 편입니다.

카시오　가서 누가 왔는지 알려 주시오.

65　**신사**　알겠습니다.　　　　　　　　　　　　퇴장

몬타노　그런데 부관, 장군은 부인을 얻으셨소?

카시오　참으로 운 좋게도 그러셨지요. 어떤 말이나

극찬으로도 표현하기 어려운 아가씨를 맞이했습니다.

글로 꾸밀 수 있는 찬사를 뛰어넘는 분이십니다.

70　　그리고 신이 주신 타고난 아름다움은

그것을 표현하는 사람마저 지치게 할 정도입니다.

신사 등장

어떻게 되었소? 누가 입항했습니까?

신사　이아고라는 사람으로 장군의 기수입니다.

카시오　정말 운 좋게도 빨리 왔군요.

75　　태풍도, 거친 바다와 울부짖는 바람도,

물밑에 숨어 역적처럼 애꿎은 배의 용골이

지나가지 못하도록 방해하는 험한 암초와 모래더미도,

마치 미인을 알아보는 듯이 죽음의 본성을 저버리고

천상의 여인 데스데모나를 무사히 보내 주었군요.

80   **몬타노** 그 여인이 누구요?

카시오 지금 말씀드린 분은 우리 대장님의 대장님입니다.

용감한 이아고가 모셔 왔지요.

우리 예상보다 일주일이나 빨리 도착했군요.

위대하신 조브 신[20]이시여, 오셀로 장군을 지켜 주시고,

85   당신의 강력한 입김으로 돛을 부풀려서

그가 위풍당당한 배와 함께 들어와

이 항구를 축복하게 하시고,

데스데모나의 품속에서 사랑의 가쁜 숨을 몰아쉬게 하시며,

꺼져 버린 우리 영혼에 새로운 불을 붙여 주십시오 —

데스데모나, 이아고, 로도리고,

에밀리아 [수행원들과 함께] 등장

90   아, 보시오,

배의 보물이 뭍으로 올라옵니다!   **무릎을 꿇는다**

키프로스 사람들이여, 무릎을 꿇으시오.

---

20) 로마신화의 최고의 신, 주피터를 가리킨다.

환영합니다, 부인!

하늘의 은총이 부인의 앞과 뒤, 그리고 사방에서

95   부인을 감싸 주시기를 기원합니다!   일어선다

데스데모나 고맙습니다, 용맹한 카시오 부관님.

주인 소식은 들으셨나요?

카시오 아직 오시지 않았습니다.

잘은 모르지만, 무사히 여기에 곧 도착하실 겁니다.

100 **데스데모나** 하지만 걱정스럽군요.

어떻게 서로 헤어지게 되셨나요?

카시오 바다와 하늘이 크게 다투는 바람에

그만 함대에서 떨어지게 됐습니다. ―그런데, 들어 보세요!

배가 옵니다.

105 〔목소리〕 배다, 배야!   안쪽에서 예포 소리가 들린다

신사 요새를 향해 예포를 쏘는 걸 보니

이번에도 아군이군요.

카시오 알아보고 오시오.   [신사 퇴장]

기수, 잘 왔소. 부인, 잘 오셨습니다.

110 이아고, 내 방식대로 인사한다고 기분 나쁘게 생각하지는 말게,

이렇게 요란하게 인사하는 게

내가 배운 예의일세.   에밀리아에게 키스한다

이아고 부관님, 아내가 제게 놀려 댄 혀만큼이나

부관님께 입술을 드린다면

115 부관님도 금방 질리실 겁니다.

데스데모나 어머, 에밀리아는 별로 말이 없는 부인인데요.

이아고 사실은 너무나 말이 많습니다.

제가 자려고 할 때도 항상 그렇습니다.

아, 지금이야 부인 앞이라

120 혀를 가슴속에 묻어 두고

속으로만 투덜대고 있겠지요.

에밀리아 무슨 근거로 그런 말을 하나요?

이아고 자, 자, 내숭떨지 말라고.

당신네 여자들은 밖에 나가면 그림처럼 얌전하지만,

125 집에서는 시끄러운 방울처럼 시끄럽고,

부엌에서는 들고양이, 상처를 줄 때는 천사,

상처를 받으면 악마, 살림에는 게으름뱅이,

잠자리에서는 요부가 되잖아.

데스데모나 아, 그만둬요, 험담꾼 같으니!

130 **이아고** 아니, 사실입니다. 아니라면 제가 터키 놈이지요.

당신은 자리에서 일어나면 놀고,

잠자리에 들어서면 부지런해지잖아.

에밀리아 당신한테는 내 칭찬을 해 달라고 안 할 거예요.

이아고 나도 싫다고.

135 **데스데모나** 만일 내 칭찬을 해야 한다면 뭐라고 할 거죠?

이아고 아, 상냥하신 부인, 그런 일은 거두어 주십시오.

전 험담하는 것을 빼면 시체니까요.

데스데모나 자, 어서 해 보세요. 항구에는 누가 나갔나요?

이아고 예, 부인.

140 **데스데모나** 내키진 않지만,   방백

아무렇지 않은 척하면서 내 마음을 딴 데로 돌려야겠지.

자, 날 어떻게 칭찬할 거죠?

이아고 생각 중입니다.

하지만 끈끈이가 천 조각에서 잘 떨어지지 않는 것처럼

145 생각이 머리에서 떨어져 나오려 하지 않아서

잡아떼면 뇌까지 딸려 나올 지경이에요.

하지만 저의 뮤즈21)는 산고 끝에

이렇게 출산했습니다.

"여자가 희고22) 현명하다면, 미와 기지를 갖춘 것인데,

150 미는 쓸모가 있는 것이니 기지는 미를 써먹지요."

데스데모나 멋진 찬사예요! 그럼 검고 슬기롭다면요?

이아고 "여자가 검지만 슬기롭다면

검은 모습에 어울리는 흰 사내를 찾을 테지요."

데스데모나 점점 나빠지네요!

155 **에밀리아** 그럼 희지만 어리석다면요?

이아고 "희면서 어리석은 여자는 없지요.

어리석음조차 후사를 보는 데 도움을 줄 테니."

데스데모나 선술집 멍청이들이나 웃길

바보같이 뻔한 역설이로군요.

---

21) 영감을 주는 여신.

22) '희다'는 말은 아름다움을 뜻한다. 반면, '검다'는 추함을 뜻한다.

160   그럼 못생기고 어리석은 여자에겐

      어떤 고약한 칭찬을 할 건가요?

      이아고 "못생긴 데다가 어리석기까지 한 여자여도

      희고 현명한 여자들이 하는 음탕한 짓을 안 하는 이가 없지요."

      데스데모나 아, 그토록 무지하다니, 통탄스럽군요!

165   최악의 여자를 최고로 칭찬하는군요.

      그렇다면 정말로 훌륭한 여자는 뭐라고 칭찬할 거죠?

      누구나 인정하는 미덕 덕분에 아무리 악한 사람이라도

      그 미덕을 인정하지 않을 수 없는 그런 여자 말이에요.

      이아고 "언제나 아름답지만 거만하지 않고,

170   말솜씨가 좋지만 결코 시끄럽지 않고,

      언제나 돈이 풍족하지만 결코 지나치게 치장하지 않고,

      욕망을 멀리하면서도 '이제 해 볼까' 하고 말하는 여자,

      화를 당하고 복수할 기회가 가까이 있어도

      당한 해를 참고 원한을 날려 보내는 여자,

175   대구 대가리를 연어 꼬리와 바꿀[23] 만큼

      분별력이 모자라지 않은 지혜로운 여자,

      생각이 있어도 결코 속마음을 드러내지 않는 여자,

      쫓아다니는 사내들이 있어도 뒤돌아보지 않는 여자,

      그런 여자가 칭찬받을 여자랍니다. 그런 여자가 있다면 ―"

180   **데스데모나** 무엇을 할까요?

---

23) 대구 대가리를 연어꼬리와 바꾼다는 표현은 성교(간통)를 뜻한다. 대구 대가리는
    남성의 성기를, 연어 꼬리는 여성의 성기를 의미한다.

이아고 바보들 젖이나 빨리고 하찮은 일이나 하겠지요.

데스데모나 아, 정말 어설프고 시시한 결론이군요!

에밀리아, 아무리 남편이라지만 그 말을 곧이들으면 안 돼요.

카시오, 당신 생각은 어때요?

185 　저 사람 정말 저속하고 제멋대로 아닌가요?

카시오 입이 건 사람입니다. 학자라기보다는

군인이라는 점을 생각하고 들어 주세요.

　　　　　카시오가 데스데모나의 손을 잡고 두 사람이 떨어져서 대화한다

이아고 저 녀석이 부인의 손을 잡는군. 그래, 잘한다. 　방백

속삭여라. 이렇게 조그만 거미줄을 쳐서 카시오라는

190 　왕파리를 잡는 거다. 옳지, 그녀에게 미소를 지어라. 어서.

너의 정중한 예절을 이용해서 네놈에게 족쇄를 채워 주겠다.

맞는 말씀입니다. 정말 그렇지요.24) 이번 계략으로

네가 부관 자리에서 쫓겨나게 된다면,

너의 세 손가락에 그렇게 자주 키스한 것을 후회하게 될 거다.

195 　지금도 다시 그렇게 신사 흉내를 잘도 내는군.

아주 좋아, 키스 한번 잘했다. 대단한 예절이군!

정말 그래. 다시 또 손가락을 입술에 대나?

그 손가락이 네놈의 관장기라면 좋겠군!

─무어 장군님입니다! 그분 나팔소리를 제가 압니다.

　　　　　　　　　　　　　　　　　　안에서 나팔 소리

---

24) '맞는 말씀입니다. 정말 그렇지요.'는 이아고가 조롱하는 투로 카시오에게 말하는
　　대목이다.

200 **카시오** 정말 그렇군.

데스데모나 나가서 그분을 뵙시다.

카시오 보세요. 저기 오십니다.

오셀로와 수행원들 등장

오셀로 아, 아름다운 나의 용사여!

데스데모나 사랑하는 오셀로!

205 **오셀로** 나보다 앞서 이곳에 온 당신을 보니

기쁘면서도 참으로 놀랍구려. 아, 내 영혼의 기쁨이여!

폭풍이 지난 뒤에 언제나 이렇게 고요함이 찾아온다면,

죽은 자를 깨울 때까지 바람이 몰아쳐도 좋겠소!

그리고 힘겹게 나아가는 돛단배가 파도를 타고

210 올림포스 산만큼 높이 치솟았다가

천국에서 지옥으로 떨어지듯 곤두박질쳐도 좋겠소!

지금 죽어도 한이 없소.

내 영혼이 그지없이 흡족하여

미지의 내 여생에 두 번 다시

215 이런 기쁨이 찾아오지 않을 것만 같으니 말이오.

데스데모나 당치도 않은 말씀이세요.

우리 사랑과 기쁨은 시간이 지날수록

더욱 늘어갈 거예요.

오셀로 관대하신 신들이여, 그렇게 해 주소서!

220 이 벅찬 기쁨을 어찌 다 말로 하겠소?

바로 이 순간 심장이 멎는 것 같구려. 너무 과분한 기쁨이오.

그리고 이 키스와, 이 키스가 우리 앞날에

생겨날 가장 큰 불협화음이기를!   그녀에게 키스한다

이아고 흥, 지금은 화음이 잘 맞는군!   방백

225 하지만, 화음이 흐트러지도록 줄감개를 풀어놓고 말 테다.

나를 좋게 보고 있는 줄은 알지만 할 수 없지.

오셀로 자, 성 안으로 들어갑시다. —   데스데모나에게

여러분, 좋은 소식이오. 전쟁은 끝났고, 터키군은 침몰했소.

이 섬의 오랜 친구들은 어떻게 지내시오? —

230 여보, 당신은 키프로스에서 환영받을 것이오.

나도 그들에게 큰 사랑을 받았소. 아, 내 사랑,

평소답지 않게 지껄였구려.

스스로 행복에 겨워서겠지. 이아고, 수고스럽지만

부두로 가서 내 짐들을 배에서 내려 주게.

235 그리고 선장을 요새로 모셔 오게.

그는 훌륭한 선장이고 크게 존경받을 만한 인물이지. —

자 데스데모나, 다시 한 번, 키프로스에서 만나 정말 반갑소.

                    [이아고와 로도리고를 남겨두고]

                    오셀로와 데스데모나, 수행원들과 함께 퇴장

이아고 자네는 곧 항구에서   퇴장하는 한 수행원에게

나랑 만나세. 이리로 오세요. 용기가 있다면 —   로도리고에게

240 천한 자도 사랑에 빠지면 타고난 본성 이상으로

고상해진다고 합니다만 ─ 내 말을 잘 들어요.

부관이 오늘밤 초소에서 경계를 설 겁니다.

우선 이걸 알아 두세요.

데스데모나는 그자에게 홀딱 반했어요.

245 **로도리고** 그자에게? 아냐, 그럴 리가 없어.

이아고 이렇게 손가락을 대고 조용히 내 말을 새겨들어요.

단지 허풍을 떨고 터무니없는 거짓말을 늘어놓는 것만으로도

처음에 그녀가 얼마나 격정적으로 무어인을 사랑했는지를

생각해 봐요. 그런데 그렇게 떠벌린다고 해서

250 그녀가 계속해서 그를 사랑할까요?

당신도 분별력이 있으니 그렇게 생각하지는 않겠지요.

그녀도 눈요기가 필요해요.

악마 같은 놈을 쳐다보면서 그녀가 무슨 즐거움이 있을까요?

욕정이 식어 재미 보는 게 시들해질 때에는,

255 다시 욕정에 불을 지피고

새롭게 입맛을 돋게 하는 준수한 용모에,

나이가 비슷하고 예절과 매력을 갖춘 누군가가 필요한데,

무어인에게는 이런 게 하나도 없어요.

이런 필요한 것들이 채워지지 않으니

260 섬세하고 여린 그녀가 속은 것을 알고는

속이 메스꺼워져 그가 역겹고 혐오스러워질 거란 말입니다.

본능이 그녀를 그렇게 가르치고 다음 선택을 강요하겠지요.

자, 보세요, 사정이 그렇다면 ─

너무나 뻔하고 당연한 얘기인데 —

265 이런 행운을 차지할 사람이 카시오 말고 누가 있겠어요?
놈은 입심이 대단한 데다 음탕하고 난잡한
자신의 숨은 욕정을 한껏 채우려고
고상하고 예의를 차리는 척하는 것뿐이지,
양심이라곤 없는 놈이지요. 물론 없지요. 없고말고요.

270 능글맞고 교활한데다가 기회주의자예요.
진짜 기회가 오지 않더라도 기회를 만들고
꾸며낼 수 있는 눈을 가진 놈이라고요.
악마 같은 놈! 게다가 잘생기고, 젊어서,
어리석은 풋내기 계집애들이 좋아할 요건을

275 두루 갖추고 있단 말이지요.
아주 재수 없게 완벽한 놈이에요.
그런데 그 여자가 벌써 그놈에게 눈독을 들이고 있다고요.

로도리고 그녀가 그런 마음을 갖고 있다는 게
도무지 믿어지지 않네. 가장 축복받은 조건을 다 갖추었는데.

280 **이아고** 축복은 무슨 축복! 그 여자가 마시는 포도주도
포도로 만든 겁니다. 만약 축복을 받았다면,
결코 무어인을 사랑하지 않았을 거예요.
축복이라니! 그 여자가 그놈의 손바닥을
만지작거리는 것을 보지 못했어요? 정말 못 봤냐고요?

285 **로도리고** 그래, 봤지. 하지만 그냥 예의였어.
이아고 이 손에 맹세코 그건 색욕이에요.

욕정과 추잡한 생각이 뒤섞인 이야기로 안내하는 색인이고
은밀한 서문이지요.
둘은 입술이 맞닿을 정도로 너무 가까워서
290 숨결이 서로 끌어인을 정도였지요.
추악한 속셈이지요, 로도리고! 이런 바람기가 길을 터놓으면
곧이어 본격적인 작업으로 들어가
결국은 몸을 하나로 섞게 되는 겁니다.
쳇, 그렇지만 내 말을 잘 들어요.
295 내가 당신을 베니스에서 데려왔잖아요.
오늘밤 야간 경계를 서세요.
당신에게 주인공 역할을 맡기지요.
카시오는 당신을 몰라요. 나도 당신 곁에 있겠어요.
카시오를 화나게 만들 구실을 찾아봐요.
300 시끄럽게 떠들든지, 군의 기강을 헐뜯든지,
아니면 내키는 대로 무슨 수를 쓰든지,
경우에 따라 눈치껏 하란 말입니다.
로도리고 좋아.
이아고 보세요, 그놈은 성미가 급해서 쉽게 발끈하고
305 당신을 때릴지도 몰라요.
그놈이 그렇게 하도록 약을 올리라고요.
그러면 그 일을 빌미로
내가 키프로스 사람들이 폭동을 일으키게 할 테니까요.
사람들을 진정시키려면 카시오를 자르는 방법밖에는

310 없을 겁니다. 그때 가서 내가 방법을 마련해 주면

당신은 더 빨리 욕망을 채우게 될 것이고,

장애물은 가장 이롭게 제거되는 셈이지요.

그렇지 않고서는 우리가 성공할

가망이 전혀 없다고요.

315 **로도리고** 해 보겠네. 자네가 기회만 만들어 준다면.

이아고 나만 믿어요. 이따가 성에서 만납시다.

난 오셀로 장군의 짐을 가지러 해안으로 가야 해요. 그럼 또.

로도리고 이따가 보세. 　　　　　　　　　　　　　　　퇴장

이아고 카시오가 그녀를 사랑하는 게 분명해.

320 그녀가 놈을 사랑한다는 것도 충분히 가능한 일이야.

무어인은 ―나는 그자가 싫기는 하지만―

성실하고 애정이 깊고 고상한 인물인 건 사실이지.

내 생각에도 데스데모나한테는 분명 소중한

남편이 될 거야. 그런데 이젠 나도 그녀를 사랑해.

325 오로지 욕정 때문이 아니라 ―어쩌면

그런 큰 죄로 대가를 치러야 할지도 모르겠지만―

얼마간은 내 복수심을 채우기 위해서야.

왜냐하면 그 음탕한 무어인이

내 안장25)을 올라탄 것 같은 의심이 들거든.

330 그 생각이 ―마치 독약처럼― 내 속을 갉아먹고 있어.

---

25) 이아고의 아내를 가리킴.

마누라 대 마누라로 그놈에게 똑같이 복수하지 않고서는

도저히 성이 차지 않을 거야. 성이 찰 리가 없지.

실패하더라도, 무어인은 적어도

지독한 질투심에 사로잡혀서

335   분별력도 아무 소용이 없게 되겠지.

그러려면 이 불쌍한 베니스의 쓰레기26)가,

어쨌든 이자의 성급한 사냥질을 내가 막고 있긴 하지만,

내가 부추기는 대로 계속 따라 줘야 해.

그래서 마이클 카시오를 궁지로 몰아넣고

340   내 계획대로 그놈 험담을 무어인에게 고해바치고—

카시오 이놈도 내 마누라와 놀아난 것 같으니까—

무어인을 터무니없이 바보로 만들어서

미칠 지경에 이르도록 놈의 평화와 안정을 깨뜨린 대가로

놈이 내게 감사하고 나를 좋아해서 상을 내리게 만드는 거야.

345   계획은 머리에 있지만 아직은 혼란스러워.

악행이란 실행하기 전까지는

결코 참모습을 드러내지 않는 법이지.   퇴장

---

26) 로도리고를 말함.

2막 2장²⁷⁾

장면 5

오셀로의 전령이 포고문을 들고 등장

전령 이것은 오셀로 장군의 뜻이오.

고귀하고 용맹하신 장군께서는 터키 함대가 전멸했다는

확실한 소식을 방금 전해 들으시고는

모두에게 승리를 축하하라고 하셨습니다.

5 춤을 추든, 모닥불을 피우든,

각자 원하는 대로 마음껏 오락과 잔치를 즐기시기 바랍니다.

이것은 승전의 희소식을 환영하고

더불어 장군님의 결혼을 축하하는 연회입니다.

이상 장군의 뜻을 공포합니다. 모든 창고를 개방하니

10 지금 다섯 시부터 열한 시 종이 칠 때까지

마음껏 축제를 즐기시기 바랍니다.

키프로스 섬과 고귀하신 오셀로 장군님께 축복을 내리소서!

퇴장

---

27) **장소** 키프로스.

2막 3장[28]

장면 6

오셀로, 데스데모나, 카시오, 수행원들 등장

오셀로 이보게 마이클, 오늘 밤 경계를 잘 서 주게나.

분별력을 잃고 도를 넘어서까지 놀지 않도록

명예롭게 자제하는 법을 배우도록 하게.

카시오 이아고에게 해야 할 일을 지시해 놓았습니다만,

5   그래도 제 눈으로 직접

확인하겠습니다.

오셀로 이아고는 아주 정직해.

마이클, 수고하게.

내일 가능하면 아침 일찍 나와 얘기 좀 하세. —

10   자, 내 사랑,   *데스데모나에게*

거래가 성사되면, 결실이 뒤따르는 법.

당신과 나 사이에 이제 결실을 맺어 봅시다.[29]

수고하게.   모두 퇴장*[오셀로, 데스데모나와 수행원들]*

이아고 등장

---

28) **장소** 키프로스.

29) 오셀로와 데스데모나는 결혼했지만 첫날밤을 치르지 못했다.

카시오 이아고, 잘 왔네. 우리는 경계를 서러 가야겠네.

15   **이아고** 부관님, 시간이 이릅니다. 열 시도 안 됐는데요.

장군님께서는 부인 데스데모나와 사랑을 나누려고

우리를 이렇게 일찍 물리치신 겁니다.

그러니 그분을 비난해서는 안 되지요.

아직 부인과 함께 하룻밤도 재미를 보지 못했으니까요.

20   게다가 부인은 조브 신도 즐기고 싶어 할 만한 분이지요.

카시오 정말 아름다운 분이지.

이아고 그리고 장담하는데, 색정도 철철 넘칠 겁니다.

카시오 정말이지, 너무나 청순하고 우아한 분이야.

이아고 그 눈빛은 또 어떻고요!

25   욕정을 도발하는 신호를 보내는 것 같지요.

카시오 매력적인 눈이야.

그러면서도 정숙함이 느껴지는 것 같아.

이아고 그리고 말할 때 그 목소리는

사랑을 깨우는 종소리 같지 않습니까?

30   **카시오** 정말 완벽한 분이야.

이아고 그러면, 두 분의 잠자리에 행복이 깃들기를!

자, 부관님, 제게 포도주가 한 동 있습니다.

그리고 밖에는 키프로스의 멋진 신사 두 분이 와 있는데,

검은 오셀로 장군의 건강을 위해

35   기꺼이 축배를 들고 싶다고 합니다.

카시오 여보게 이아고, 오늘 밤은 안 되겠네.

내 머리는 술이 약해서 마시면 불상사가 생기거든.

다른 접대 방법으로 예의를 표할 수 있다면 좋겠네.

이아고 아, 그분들은 우리 친구들입니다! 딱 한잔만 하세요.

40 나머지는 제가 대신 마시지요.

카시오 오늘 밤에 벌써 한잔 했네.

그것도 재주껏 물을 타서 마셨는데도,

여기 이 얼굴에 나타나는 변화를 보게.

불행히도 내겐 이런 약점이 있다네.

45 그러니 포도주를 더 마셔서 내 약점을 시험해 보고 싶지 않네.

이아고 아니, 설마요? 오늘 밤은 맘껏 마시고 즐겨야지요.

신사 분들도 그걸 원하고 있는데요.

카시오 어디에 있나?

이아고 여기 문밖에요. 들어오게 하시지요.

50 **카시오** 그렇게 하지, 기분은 내키지 않네만.   퇴장

이아고 놈에게 딱 한잔만 억지로 먹일 수 있다면,

오늘 밤에 이미 전작이 있으니

놈은 젊은 안주인의 개처럼 공격적으로 싸우려 들겠지.

그런데 상사병에 걸려 거의 정신을 놓은 멍청이 로도리고는

55 데스데모나를 위해 마신답시고

술통 바닥이 보이도록 잔뜩 마셨는데,

오늘 밤에 경계를 서게 돼 있어.

그 외에도 기품 있고 자존심 강한 키프로스의 세 사람을 —

자신들의 명예를 지키는 데 대단히 민감한

60   이 철통같은 섬의 정예요원이지 —
     내가 오늘 밤 술을 잔뜩 먹여 쉽게 흥분하도록 해 뒀지.
     그런데 이들도 경계를 선단 말이야.
     자, 이 주정뱅이들 가운데서
     우리 카시오가 섬을 뒤흔들어 놓을 행동을 하도록
65   만들어 놓을 테다. — 저기들 오는구나.

     카시오, 몬타노, 신사들 등장   *하인들이 술을 가지고 뒤따른다*

     내 꿈대로 일이 성사된다면,
     내 배는 순풍에 돛 단 듯, 물길 따라 거침없이 나아가겠지.
카시오   정말이지, 이미 큰 잔으로 한 잔 받아 마셨습니다.
몬타노   정말로, 작은 잔이오. 한 파인트30)가 넘지 않아요.
70   군인의 명예를 걸고 말하는 거요.
이아고   이봐! 술 좀 가져와라!
          "술잔을 부딪치세. 땡그랑, 땡그랑,   **노래한다**
          부딪치세. 땡그랑,
          군인도 사람이다.
75   아, 인생은 한 뼘밖에 안 된다네."
     그래, 그렇다면 마셔라 군인이여.
     얘들아, 술 가져와!

---

30) 1갤런의 8분의 1로 0.57리터에 해당한다.

카시오 정말이지, 멋진 노래군!

이아고 영국에서 배운 노래지요.

80 　그곳 사람들은 정말 술고래예요.

　덴마크 사람, 독일 사람, 그리고 배불뚝이 네덜란드 사람도.

　―자, 마셔요!― 그래도 영국 사람에게는 못 당해요.

카시오 영국 사람이 그렇게 술을 잘하나?

이아고 그럼요, 영국 사람은 덴마크 사람이

85 　취해서 뻗어 버릴 때까지도 끄떡없이 마셔요.

　독일 사람을 쓰러뜨리는 데는 땀 한 방울 흘리지 않고요.

　영국 사람이 큰 술잔을 다시 채우기도 전에

　네덜란드 사람은 토하고 말지요.

카시오 우리 장군님의 건강을 위해 건배!

90 **몬타노** 나도 건배하지요, 부관. 당신만큼 나도 마시겠소.

이아고 아, 아름다운 영국이여!

　　"스티븐 왕은 훌륭한 분이셨지, 　　　　　*노래한다*

　　바지는 겨우 1크라운.

　　6펜스도 너무 비싸다고 생각해서,

95 　　재단사를 악당이라 불렀지요.

　　그분은 명성이 높으신 분이고,

　　그대는 보잘것없는 사람,

　　나라를 망치는 건 사치니."

　그대는 낡은 외투를 그냥 걸치시게나.

100 　이봐, 술 더 가져와!

카시오 정말이지, 이번 노래는 앞서 부른 것보다 더 멋진데.

이아고 한 번 더 부를까요?

카시오 아니, 나는 그런 짓을 하는 자는
높은 지위에 앉을 자격이 없다고 생각하니까.

105 글쎄, 하나님이 만물을 지배하시니 알아서 하시겠지만,
구원받아야 할 영혼이 있고,
구원받아서는 안 되는 영혼이 있게 마련이지.

이아고 물론입니다, 부관님.

카시오 나로 말하자면 ─ 장군이나 다른 높으신 분들께

110 미안한 짓은 하지 않았으니 ─ 구원받기를 바란다네.

이아고 저도 그렇습니다. 부관님.

카시오 그래, 하지만 미안하네만 나보다 앞서서는 안 돼.
기수보다는 부관이 먼저 구원받아야 하지 않겠나.
이런 얘기는 그만 하고 우리 일에나 충실하세.

115 하나님, 우리 죄를 용서하소서!
여러분, 우리 일을 합시다.
여러분, 내가 취했다고 생각하지 마시오.
여기는 나의 부관, 이건 내 오른손, 그리고 이건 내 왼손.
난 취하지 않았소. 몸도 잘 가눌 수 있고 말도 잘할 수 있소.

120 **신사들** 아주 훌륭하십니다.

카시오 아무렴, 좋아. 내가 취했다고 생각해서는
절대 안 됩니다.　　　　　　　　　　　　　　　　　퇴장

몬타노 여러분, 포대로 갑시다. 가서 보초를 세웁시다.

이아고 앞서 나간 저 사람 보셨지요? _몬타노에게_

125 카이사르 옆에서 지시를 내려도 어울릴 군인이지요.

그러니 단점만 보지는 마세요.

춘분이나 추분에 밤낮의 길이가 똑같은 것처럼,

그의 장점과 단점의 길이가 같은 게 딱한 일이지요.

오셀로 장군께서 그를 신임하시는 게 걱정입니다.

130 그의 고질병이 예기치 않은 때에 도져서

이 섬을 뒤흔들어 놓을 테니까요.

몬타노 그런데, 자주 저런가?

이아고 항상 저러고 나서 잠들거든요.

술에 곯아떨어지지만 않는다면,

135 시계가 두 바퀴나 돌 때까지 보초를 설 겁니다.

몬타노 장군한테 이 사실을

알려드리는 게 좋겠군.

아마 모르고 계시거나, 아니면 인품이 훌륭하시니

카시오의 장점만 좋게 보고

140 단점은 덮어 두시려는 걸 테지. 안 그렇소?

로도리고 등장

이아고 어쩐 일이에요, 로도리고? _로도리고에게 방백_

제발 부관 뒤를 쫓아가라고요, 어서. _[로도리고 퇴장]_

몬타노 고귀한 무어 장군께서

저렇게 고약한 버릇이 있는 자를 부관으로 두어

145 위험을 감수하다니 참 유감스러운 일이군.

무어 장군께 솔직히 말씀드리는 게

충직한 행동일 것 같소.

이아고 이 아름다운 섬을 준대도 못하겠습니다!

전 카시오 님을 좋아합니다. 저분의 이 나쁜 버릇을

150 어떻게든 고쳐드리고 싶어요.   안에서 외치는 소리

저기, 들어보세요! 무슨 소리지?

로도리고를 쫓아서 카시오 등장

카시오 이런 나쁜 놈! 이 불한당아!

몬타노 왜 그러시오, 부관?

카시오 이 불한당 놈이 이래라 저래라 나를 가르쳐?

155 네놈을 흠씬 두들겨 패서 온몸에 소쿠리 자국[31]을 내줄 테다.

로도리고 날 때린다고?

카시오 이 불한당이,

그래도 주둥이를 놀려?   로도리고를 때린다

몬타노 그만두시오. 부관!   그를 제지한다

160 부관! 제발 손을 멈추게.

---

31) 소쿠리 자국이란 말은 종횡으로 매질해 소쿠리를 엮듯 십자 모양으로 자국을 낸
다는 의미이다.

카시오 이거 놓으세요.

안 그러면 당신 머리통을 갈겨 버리겠소.

몬타노 자, 자, 당신 취했소.

카시오 취했다고?   두 사람이 싸운다

165 **이아고** 가라고! 나가서 폭동이라고   로도리고에게 방백

소릴 질러!   [로도리고 퇴장]

안 돼요, 부관님 — 아, 신사 분들 —

여기요, 도와주세요 — 부관님 — 몬타노 님 — 나리 —

도와주세요, 여러분! — 보초 참 잘도 서는군!   종이 울린다

170 어떤 놈이 종을 울리는 거야? — 제기랄, 이봐요!

온 마을이 다 깨잖아. 저런, 저런, 부관님!

평생 부끄러울 겁니다.

오셀로와 수행원들 등장   무기를 가지고

오셀로 무슨 일인가?

몬타노 피가 멎질 않네. 상처가 심한걸.

175 죽여 버릴 테다.   카시오를 공격한다

오셀로 멈춰라, 목숨이 아깝거든!

이아고 그만두세요! 부관님 — 몬타노 님 — 신사 분들.

지위고 의무고 모두 잊어버리셨습니까?

그만두세요! 장군님께서 말씀하시잖아요.

180 멈춰요, 창피하지도 않으십니까!

오셀로 이런, 이봐, 어떻게 된 건가?

어쩌다 이런 일이 일어난 거야?

우리가 터키인으로 변해서 하늘이 터키군에게도 금한 일[32]을

우리 자신에게 하는 건가?

185 기독교인의 수치다. 이 야만적인 싸움을 당장 멈춰라.

이제부터 자기 분에 못 이겨 칼을 휘두르는 자는

생명을 가벼이 여기는 자로 알고,

꿈쩍만 해도 살려 두지 않겠다.

저 끔찍한 종소리를 멈춰라.

190 섬 전체가 놀라 평온이 깨진다. 여러분 이 무슨 일이오?

정직한 이아고, 비탄에 젖어 사색이 된 모습인데, 말해 보게.

누가 시작했나? 자네의 충정을 믿고 명령하는 거네.

이아고 저는 모릅니다. 방금 전까지도 모두 친구였습니다.

태도나 말투가 마치 잠자리에 들기 위해 옷을 벗는

195 신랑 신부처럼 다정해 보였지요. 그런데 이제는—

마치 어떤 별이 이들의 정신을 앗아가기라도 한 듯—

칼을 빼들고 가슴을 겨누어 살벌하게 싸움을 벌였습니다.

이 어이없는 싸움이 어떻게

시작되었는지는 말할 수 없습니다.

200 차라리 이 싸움판에 끼어들게 한 제 두 다리를

영예로운 전쟁터에서 잃어버렸더라면 좋았을 것을!

---

32) 금지한 일이란 풍랑으로 터키군의 공격이 좌절된 것을 의미하며, 이슬람에서 술
과 내분을 금지하는 것을 시사하기도 한다.

오셀로 마이클, 어떻게 된 건가?

자네가 이렇게 자제력을 잃다니?

카시오 제발 용서해 주십시오. 드릴 말씀이 없습니다.

205 **오셀로** 훌륭하신 몬타노 경, 그대는 예의바른 분이지 않소.

젊으면서도 진중하고 침착해서 세상이 모두 당신을 주목하고,

가장 가혹한 비판가들 사이에서도 당신의 평판이 대단하오.

이렇게 당신의 명성을 내버리고

값진 평판을 한밤중의 싸움꾼으로 바꿔 버리는

210 이유가 무엇이오? 대답해 보시오.

몬타노 훌륭하신 오셀로 장군, 나는 중상을 입었소.

장군의 부하 이아고가 내가 알고 있는 것을—

내가 말하기 불쾌한 일이니 나는 말을 삼가겠소—

모두 말씀드릴 것이오. 오늘 밤 내 말이나 행동에

215 잘못이 있었다고는 생각하지 않소.

자신을 아끼는 것이 때로는 악덕이 된다거나

공격을 당했을 때 스스로 방어하는 것이

죄가 아니라면 말이오.

오셀로 이제는, 맹세코,

220 내 피가 이성을 지배하기 시작하고

격정이—최상의 판단력을 흐려 놓고—

나를 이끄는구나.

내가 움직이면, 아니 이 팔을 들어올리기만 하면,

너희 가운데 가장 잘난 자도

225 내 처벌을 면치 못하리라.

이 추한 싸움이 어떻게 시작됐고

누구 때문인지 내게 보고해라.

이 싸움에 책임이 있는 자가 밝혀지면,

나와 함께 태어난 쌍둥이라 할지라도

230 다시는 보지 않겠다. 도무지 진정이 되지 않는구나.

사람들의 마음에 두려움이 가득한데,

어떻게 주둔지에서 아군끼리 사사로운 일로 싸운단 말이냐?

그것도 한밤중에, 안전을 위해 경계를 서야 할 초소에서.

어처구니없는 일이다. 이아고, 시작한 게 누군가?

235 **몬타노** 만일 개인적인 친분이나 직무 때문에

진실에서 조금이라도 살을 붙이거나 빼서 보고한다면

자네는 군인이 아닐세.

이아고 그렇게 다그치지 마십시오.

마이클 카시오 부관에게 해를 끼치느니

240 차라리 제 입에서 혀를 잘라 내겠습니다.

하지만 진실을 말하더라도

부관에게 그리 해가 될 것 같지도 않습니다.

장군님, 사실은 이렇습니다.

몬타노 님과 제가 얘기를 나누고 있었는데

245 어떤 사람이 살려 달라 소리치며 나타났습니다.

그리고 카시오 부관이 칼을 빼들고 그를 죽일 기세로

뒤쫓아왔습니다. 장군님, 이 신사는   *몬타노를 가리킨다*

카시오 부관을 가로막고 그만두라고 간청했습니다.

저는 살려 달라고 소리치는 그 녀석을 쫓아갔는데,

250   그자가 소리를 지르는 바람에

마을 전체가 공포에 빠질까 봐ㅡ결국은 그렇게 되었지만ㅡ

제지하기 위해서였습니다.

하지만 그자의 발이 빨라 저는 그만 포기하고

얼른 돌아왔습니다. 칼이 부딪치고 떨어지는 소리와

255   카시오 부관이 큰소리로 욕하는 걸 들었기 때문입니다.

부관이 욕하는 소리를 들어 본 건 그때가 처음이었습니다.

제가 돌아왔을 때는ㅡ잠깐 사이였는데ㅡ두 사람이 맞붙어

치고받고 찌르고 있었습니다. 장군님께서 두 사람을

떼어 놓으셨을 때도 보셨듯이, 그렇게 싸우고 있었지요.

260   이 일에 대해서 더 이상은 보고드릴 수가 없습니다.

하지만 인간인지라 가장 훌륭한 이도

때로는 자제력을 잃습니다.

비록 카시오 부관이 저분께 약간의 잘못을 하기는 했지만,

사람이 너무나 화가 나면

265   자신의 행복을 최고로 빌어주는 사람을 치기도 합니다.

하지만 제 생각에, 카시오 부관은

도망친 자에게 도저히 참을 수 없는

뭔가 이상한 모욕을 받은 것이 분명합니다.

오셀로   이아고, 난 알고 있다.

270   자네는 정직하고 인정이 많아 카시오의 죄를 가볍게 하려고

이 일을 완곡하게 말하는 것이지. 카시오, 난 널 아끼지만,
더 이상은 내 부관으로 둘 수 없다.

데스데모나, 시종들을 거느리고 등장

저런, 상냥한 내 아내까지도 잠을 깨지 않았느냐.
널 본보기로 삼겠다.

275 **데스데모나** 여보, 무슨 일이에요?

오셀로 다 잘 해결됐소, 내 사랑.

침실로 갑시다. ─ 몬타노 경, 당신의 상처는   *몬타노에게*

내가 돌봐드리리다. ─ 이분을 모셔라.

　　　　　　[몬타노, 부축받으며 몇 사람과 함께 퇴장]

이아고, 마을을 잘 살피고

280 이 추악한 싸움 때문에 동요하는 사람들을 안심시켜 주게. ─

자, 데스데모나, 군인들의 생활이란

싸움 때문에 단잠을 깨기도 하고 그렇소.

　　　　　　[이아고와 카시오만 남고] 모두 퇴장

이아고 아니, 부관님, 다치셨나요?

카시오 그래. 치료해도 소용없을 정도로.

285 **이아고** 저런, 이럴 수가!

카시오 명예, 명예, 명예! 아, 난 명예를 잃었어!

아, 내게 가장 소중한 불멸의 명예를 잃어버렸어.

그리고 남은 거라고는 짐승 같은 것뿐이라네.

내 명예, 이아고, 내 명예 말이야!

290 **이아고** 저는 곧이곧대로 믿는 성격이라

부관님이 몸에 상처를 입었다고 생각했어요.

명예보다는 몸에 난 상처가 더 아픈 법입니다.

명예란 쓸모없고 거짓된 짐이에요. 아무런 공로 없이

얻었다가 전혀 까닭 없이 잃어버리기도 하니까요.

295 자신을 그런 패배자라고 여기지만 않는다면

결코 명예를 잃은 게 아닙니다. 자, 힘을 내세요.

장군님의 마음을 돌릴 방법이 있습니다.

부관님은 지금 장군님의 기분 때문에 내쳐진 것뿐입니다 —

악의에서가 아니라 정책적으로 내린 벌입니다

300 — 건방진 사자를 겁주려고

죄 없는 개를 두들겨 패는 격이지요.

장군님께 다시 간청해 보세요. 그럼 들어주실 겁니다.

카시오 차라리 경멸해 달라고 간청하겠네.

그렇게 경솔하게, 그렇게 취해, 그렇게 무분별한 부관이 되어

305 그렇게 훌륭하신 장군님을 기만하는 것보다는 그게 나을 걸세.

취했다고? 앵무새인 양 같은 말을 되풀이하고?

말다툼을 벌이고? 허풍 떨고? 욕하고?

게다가 자기 그림자와 헛소리를 주고받아?

아, 보이지 않는 술 귀신아, 네놈에게 붙여진 이름이 없다면

310 내 너를 악마라 부르겠다.

이아고 부관님이 칼을 빼 들고 쫓아갔던 자는 누굽니까?

그자가 부관님에게 무슨 짓을 했나요?

카시오 모르겠네.

이아고 그럴 리가요?

315 **카시오** 많은 일들이 생각나지만 분명한 건 하나도 없어.

싸움을 했는데 왜 그랬는지는 도무지 모르겠네.

아, 인간이란 자기 정신을 빼앗도록

입속에다 원수를 부어 넣는 존재라니!

즐겁고 신이 나서 흥청대고 날뛰면서

320 스스로 짐승으로 변해버리는구나!

이아고 아니, 그래도 지금은 아주 멀쩡하시네.

어떻게 이렇게 정신을 차리셨나요?

카시오 주정뱅이 악마가 기분이 좋아

분노 악마에게 자리를 양보한 걸세.

325 한 가지 결점이 드러나니까 또 다른 결점이 나타나는군.

나 자신을 대놓고 경멸하도록 말이야.

이아고 이런, 부관님은 너무 심한 도덕론자입니다.

시간으로 보거나 장소로 보아, 그리고 시국으로 보더라도

애초에 이런 사단이 벌어지지 않았으면 좋았을 것을요.

330 하지만 일이 이렇게 된 바엔, 부관님 자신을 위해서라도

일을 수습해야지요.

카시오 부관 자리를 맡겨 달라고 다시 간청하겠네.

그럼 장군님은 내가 주정뱅이라고 말씀하시겠지.

내가 히드라처럼 입이 많이 달렸더라도,

335 그런 대답을 들으면 말문이 막혀 버릴 걸세.

조금 전까지도 멀쩡한 인간이었는데

곧 바보가 되고 결국 짐승이 되다니! 아, 이상한 일이야!

절제되지 않은 술잔은 모두 저주를 받은 것이고,

거기에 담긴 술은 악마구나.

340 **이아고** 자, 자, 좋은 술은 적당히 마시면

좋은 친구가 되는 법입니다. 술에 대한 험담은 그쯤 해 두세요.

그런데 부관님, 제가 부관님을 좋아한다는 건 아실 테죠?

카시오 잘 알고 있네. 취할 만큼 받아먹지 않았나.

이아고 부관님뿐만 아니라 살아 있는 사람이라면

345 누구나 때로는 취할 수 있습니다.

이제 부관님이 할 일을 말씀드리지요.

지금은 장군님의 부인이 장군입니다.

제가 이렇게 말씀드리는 까닭은 장군께서

부인의 성품과 매력을 생각하고 살피고 알아보는 데

350 완전히 넋이 나가 있기 때문입니다.

부인께 솔직하게 털어놓고

다시 복직될 수 있도록 도와달라고 청해 보세요.

부인은 아주 너그럽고, 친절하고, 정이 많은데다,

고결한 성품이라, 부탁받은 것을 그 이상으로 해 주지 못하면

355 선한 마음 탓에 그걸 악행이라고 여기지요.

부관님과 장군님 사이의 부러진 마디를

부인께 맞춰 달라고 간청하세요.

저의 전 재산을 이 내기에 걸어도 좋습니다.

이번에 금이 간 두 분 사이의 애정이

360 전보다 더욱 단단해질 겁니다.

카시오 좋은 충고네.

이아고 단언컨대, 진심에서 우러난 애정과

충직한 마음에서 드리는 말씀입니다.

카시오 나도 전적으로 그렇게 생각하네.

365 내일 아침 일찍 고결한 데스데모나 부인께

이 일을 간청해 보겠네. 내 운이 여기까지라면 절망일세.

이아고 옳은 말씀입니다. 쉬십시오, 부관님.

전 경계를 서러 가야 합니다.

카시오 잘 가게, 정직한 이아고.　　　　　　　카시오 퇴장

370 **이아고** 이래도 내가 악당 짓을 한다고 말하는 자는 누구냐?

내가 하는 이 충고는 솔직하고, 정직하고,

이치에 맞는 생각으로, 정말 무어인의 마음을

다시 얻을 수 있는 방법이 아닌가? 솔직하게 간청해서

마음 약한 데스데모나를 구슬리기는

375 아주 쉬운 일이니까. 그녀의 성품은 자연의 조화처럼

너그럽지 않은가? 그러고 나서 그녀가 무어인을

설득하는 거지 ― 세례와 속죄의 모든 징표와

상징들을 포기하는 일이 있더라도 ―

그의 영혼은 그녀의 사랑에 단단히 매어 있으니

380 그녀는 자신이 원하는 대로 마음대로 할 수 있을 거야.

그녀의 욕망이 그의 허약한 분별력 위에

신처럼 군림할 테니까. 그렇다면 내가 왜 악당이란 말인가?

카시오에게 직접적으로 이익이 될 방법을

가르쳐 주지 않는가?

385 이게 바로 지옥의 선심 아닌가!

악마들이 가장 흉악한 죄를 저지를 때는,

처음에는 천상의 모습으로 유혹하는 법이지.

지금 내가 하는 것처럼 말이야. 정직한 이 바보가

자기 운명을 되찾으려고 데스데모나에게 사정을 하고,

390 그녀가 카시오를 위해 무어인에게 간청하는 동안,

난 무어인의 귓속에 독을 부어 넣는 거야.

부인이 욕정 때문에 그자의 복직을 청하는 거라고 말이지.

그래서 그녀가 카시오를 위해 애를 쓰면 쓸수록

그녀는 무어인의 신뢰를 잃게 되겠지.

395 그렇게 해서 그녀의 미덕에 먹칠을 하고,

그녀의 선의를 이용하여 그들 모두를

옭아맬 그물을 만들 테다.

로도리고 등장

로도리고, 어쩐 일이에요?

로도리고 여기까지 사냥하러 따라오긴 했지만,

400 먹이를 쫓는 사냥개는커녕

머릿수나 채워 같이 짖어 대는 개꼴이 됐지 뭔가?

이젠 돈도 거의 바닥나고, 게다가 오늘밤엔

흠씬 두들겨 맞기까지 했으니, 결국 얻는 거라고는

고역을 치르고 쌓은 경험뿐일 것 같네.

405　그래서 이제 돈도 떨어지고 제정신이 좀 들었으니

베니스로 다시 돌아가야 할까 보네.

이아고　참을성이 없는 사람들은 정말 불쌍하다니까!

상처라는 건 조금씩 치유되는 게 아닌가요?

알다시피 우리는 마법이 아니라 머리를 써서 일하고,

410　머리를 쓰는 일은 시간이 걸립니다.

잘돼 가고 있는 거 아닌가요? 카시오가 당신을 때렸고,

당신은 작은 상처 덕에 카시오를 쫓아냈잖아요.

다른 일들도 햇볕을 받아 잘 자라고 있지만,

먼저 꽃이 피는 열매가 먼저 익는 법이지요.

415　잠시만 참아요. 이런, 벌써 아침이군.

즐겁게 일을 하다 보면 시간이 금세 가게 마련이지요.

가서 잠 좀 자요. 숙소로 돌아가요.

가라고요! 나중에 더 알려 줄 테니까.

자, 가라니까요.　　　　　　　　　　　　로도리고 퇴장

420　해야 할 일이 두 가지 남았어.

여편네가 카시오를 위해 부인에게 청을 넣어야 해.

여편네한테 시켜야겠군.

그러는 사이에 나는 무어인을 따로 불러내어

카시오가 데스데모나한테 간청하는 바로 그 순간에

425 　　데리고 들어가 그 장면을 보게 하는 거지.

그래, 바로 그거야.

꾸물대고 미루다 계획을 망치면 안 되지. 　　　　　퇴장

제3막

3막 1장³³⁾

장면 7

카시오, 악사들, 광대 등장

카시오 여러분, 여기서 연주해 주게.
수고비는 톡톡히 치르겠네.
짧은 곡으로 연주하고 나서 "안녕하십니까, 장군님." 하고
인사드려 주게.   *음악*

5   **광대** 아니 악사님들, 당신들 악기는 나폴리에 다녀왔나요?
이렇게 콧소리를 내고 있으니 말이오!

악사 뭐요? 그게 무슨 말이오?

광대 이것들이 바람으로 소리 나는 악기요?

악사 아, 그렇소.

10   **광대** 흠, 그럼 거기에 꼬리³⁴⁾가 달려 있겠군.

악사 어디에 이야기가 있다는 거요?

광대 저런, 내가 알기로 바람으로 소리 나는 악기는
대부분 그렇던데. 그나저나, 악사 양반들,
여기 돈이나 받으시오.   *돈을 건넨다*

15   그리고 장군님께서 음악이 너무나 마음에 드셨는지 제발 시
끄러운 잡소리는 그만두었으면 하고 바라시는군요.

---

33) **장소** 키프로스(총독의 거처/요새).

34) 꼬리 tail은 남자의 성기를 뜻한다. 하지만 악사들은 tale(이야기)로 알아듣는다.

악사 그럼, 뭐, 그만두지요.

광대 소리 나지 않는 음악이라면 다시 연주해도 좋아요.

한데, 사람들 얘기로는, 장군님은 그다지 음악을 좋아하지

20   않는다는군요.

악사 그런 음악은 없소.

광대 그럼 피리는 가방에 집어넣으셔야지. 난 가 봐야 하니.

그만 가시오. 어서 꺼지라고!   *악사들 퇴장*

카시오 정직한 친구 말 좀 들어보겠나?

25 **광대** 아니요, 정직한 친구 말이 아니라

당신 말을 듣겠습니다요.

카시오 제발, 말장난은 그만두게.

여기 얼마 안 되지만 금화 한 닢을 받게.   *돈을 준다*

장군 부인의 시녀가 일어나거든,

30   카시오란 사람이 잠깐 얘기를 하고 싶어 한다고 전해 주게.

그렇게 해 주겠나?

광대 그 여자야 일어났죠.

이곳에 나오면 그렇게 전해 드리죠.   *광대 퇴장*

이아고 등장

카시오 마침 잘 왔네, 이아고.

35 **이아고** 아니, 안 주무신 게로군요?

카시오 그래, 못 잤어, 자네하고 헤어지기 전에

이미 날이 새 버렸어. 이아고, 실례인 줄 알지만
자네 부인에게 사람을 보냈네.
내 청은 고결한 데스데모나를 만나게
40 주선해 달라는 거네.
이아고 곧 여편네를 부관님께 보내겠습니다.
그리고 두 분이 마음 놓고 얘기를 나누고
일도 볼 수 있게 무어 장군님을 불러 낼 방도를
강구해 보지요. 퇴장
45 **카시오** 정말 고맙네. 플로렌스 사람 중에 저보다
친절하고 정직한 사람은 본 적이 없어.

에밀리아 등장

에밀리아 안녕하세요, 부관님.
이번에 안 좋은 일을 당하셔서 참 안됐어요.
하지만 모든 일이 다 잘될 거예요.
50 장군님과 부인께서 그 일을 얘기하고 계시고
부인께서는 부관님을 단호하게 변호하고 계세요.
무어 장군님께서는 부관님이 상처를 입힌 그분이
키프로스에서 명망이 높고 연줄이 대단하기 때문에
신중한 판단에서 부관님을 내칠 수밖에 없었다는 거지요.
55 하지만 부관님을 아낀다고 단언하시면서
따로 간청하는 사람이 없더라도

곧바로 다시 부른다고 하셨어요.

카시오 그래도, 간청하니,

그대가 적절하거나 가능하다고 생각하면,

60 기회를 봐 데스데모나 님과

단둘이 잠시 얘기를 할 수 있도록 해주시오.

에밀리아 그럼 어서 들어오세요.

속마음을 털어놓고 얘기할 수 있는 곳으로

안내해 드리지요.

65 **카시오** 정말로 신세가 많소.   *[모두 퇴장]*

3막 2장

장면 7 계속

오셀로, 이아고, 신사들 등장

오셀로 이아고, 이 편지들을   *그에게 편지들을 준다*

선장에게 건네고

원로원에 내 경의를 전달하도록 하게.

그 일이 끝나면, 나는 성곽을 둘러볼 테니

5 그리로 오게.

이아고 예 장군님, 그렇게 하겠습니다.

오셀로 여러분, 이 요새를 둘러보실까요?

신사들 장군님 뜻에 따르겠습니다.   모두 퇴장

3막 3장
장면 7 계속

데스데모나, 카시오, 에밀리아 등장

데스데모나 걱정 마세요, 카시오.
당신을 위해 힘닿는 데까지 해 보겠어요.
에밀리아 아씨, 그렇게 해 주세요.
제 남편도 자기 일인 양 슬퍼한답니다.
5 **데스데모나** 아, 그는 정직한 분이세요. 카시오, 믿으세요.
주인과 당신 관계를 전처럼 다시 가깝게 만들어 드리죠.
카시오 관대하신 부인,
이 마이클 카시오는 무슨 일이 있더라도
언제나 부인께 충성을 다하겠습니다.
10 **데스데모나** 알고 있어요. 고맙습니다.
당신은 제 주인을 흠모하시고
오랫동안 알고 지낸 터이니 안심하세요.
남편은 정책적으로 거리를 두는 것일 뿐
당신을 멀리해서 홀대하지는 않으실 거예요.
15 **카시오** 네, 그렇지만 부인,

그 정책이란 것이 너무 오래 가거나,

공허하고 빈약한 명목으로 유지된다거나,

여러 가지 일로 바뀌어 버리거나 해서

제가 비운 자리를 다른 이가 채운다면,

20 장군님은 제 충정과 공로를 잊으실 겁니다.

데스데모나 그런 염려는 마세요.

여기 에밀리아 앞에서 당신 자리를 보장하겠어요.

분명히 말씀드리지만,

제가 우정을 약속한 이상 끝까지 밀어붙일 거예요.

25 남편을 절대 가만두지 않겠어요.

청을 들어줄 때까지 재우지 않을 거고

견딜 수 없을 때까지 졸라 대겠어요.

그분의 침대는 학교가 되고, 식탁은 고해실이 될 거예요.

그분이 무슨 일을 하고 있든지 카시오의 청을 꺼내겠어요.

30 그러니 기운을 내세요, 카시오.

당신의 변호를 맡은 이상 소송에 지느니

차라리 죽고 말 테니까요.

오셸로와 이아고 등장

에밀리아 아씨, 장군님께서 오십니다.

카시오 부인, 저는 이만 가보겠습니다.

35 **데스데모나** 가시지 말고 제가 말하는 걸 들어보세요.

카시오 부인, 지금은 아닙니다. 마음이 몹시 불편해서

제 뜻을 이루는 데 도움이 되지 않습니다.

데스데모나 그럼 좋도록 하세요.   *카시오 퇴장*

이아고 아니? 저건 또 무슨 짓이람.

40   **오셀로** 뭐라고 했나?

이아고 아무것도 아닙니다, 장군님. 혹시 — 아, 아닙니다.

오셀로 방금 아내와 헤어진 사람이 카시오 아닌가?

이아고 카시오라고요, 장군님? 분명 아닐 겁니다.

장군님이 오시는 걸 보고 죄라도 진 것처럼

45   슬그머니 도망칠 사람은 아니지요.

오셀로 분명히 카시오였네.

데스데모나 여보, 어쩐 일이세요?

저는 지금 어떤 사람의 청을 듣고 있던 참이에요.

당신의 노여움 때문에 괴로워하는 분이에요.

50   **오셀로** 누구 말이오?

데스데모나 그야 물론, 당신의 부관 카시오지요. 여보,

제게 당신의 마음을 움직일 힘이나 매력이 있다면,

그분의 화해를 당장 받아 주세요.

만약 그분이 진심으로 당신을 사랑하지 않고,

55   몰라서가 아니라 알면서 실수하는 거라면,

제가 정직한 사람을 분별하지 못하는 거겠죠.

부디 그분을 다시 불러들이세요.

오셀로 그가 지금 여기서 나갔소?

데스데모나 네, 그래요. 너무나 풀이 죽어

60 떠난 자리까지 슬픔이 남아 저도 고통스러워요.

여보, 그분을 다시 부르세요.

오셀로 지금은 안 되오.

사랑스러운 데스데모나, 더 두고 봅시다.

데스데모나 하지만 곧 되겠지요?

65 **오셀로** 당신 청이니 빨리 해 보겠소.

데스데모나 오늘 저녁 식사 때요?

오셀로 오늘 저녁엔 안 되오.

데스데모나 그럼 내일 점심은요?

오셀로 밖에서 먹을 거요.

70 요새에서 장교들을 만나기로 했소.

데스데모나 아 그럼, 내일 밤이나 화요일 아침,

아니면 화요일 낮이나 밤, 그것도 아니면 수요일 아침.

제발 시간을 정해 주세요. 하지만 사흘을 넘겨선 안 돼요.

정말로, 그분은 뉘우치고 있어요.

75 하지만 그분의 죄는 상식적으로 볼 때―

전시에는 가장 훌륭한 자도 본보기로 삼는다고 하지만―

개인적인 책망을 들을 잘못까지는 아니잖아요?

그분이 언제 오면 되죠?

오셀로, 말해 주세요. 정말 궁금해요.

80 당신이 청을 하는데 제가 거절하거나

그렇게 망설이며 말을 더듬겠어요?

당신이 제게 구애할 때 함께 오시고,

제가 여러 차례 당신을 좋지 않게 말했을 때―

당신 편을 들었던 마이클 카시오를 다시 불러들이는 데

85   그렇게 필요한 일이 많다니요!

필저를 믿으세요, 저라면 어떻게 해서라도―

오셀로 제발, 그만해 둬요. 언제고 오라고 해요.

당신 청인데 왜 안 듣겠소.

데스데모나 어머나, 이건 청이 아니에요.

90   이건 마치 장갑을 끼시라든가,

좋은 음식을 드시고, 몸을 따듯하게 하시라든가,

아니면 그저 당신에게 이로운 걸 하시라고

드리는 말씀일 뿐이잖아요.

아니, 제가 정말로 당신의 사랑을 시험하려는 청을 드린다면,

95   아주 중대하고 어려운 일이라서

허락하기가 두려우실 거예요.

오셀로 당신 청은 뭐든 들어주겠소.

그러니, 나도 부탁하는데,

제발 잠시 혼자 있게 해주시오.

100   **데스데모나** 제가 거절할까요? 아니에요. 여보, 이따가 봬요.

오셀로 잘 가요, 데스데모나. 곧 가리다.

데스데모나 에밀리아, 가요.― 원하시는 대로 하세요.

뭘 하시든지 당신을 따르겠어요.

퇴장[데스데모나와 에밀리아]

오셀로 귀여운 것! 내 영혼이 지옥에 떨어진다 해도,

105   그대를 사랑하겠소! 당신을 사랑하지 않는다면,

혼돈이 다시 오리라.

이아고 장군님 ─

오셀로 무슨 일인가, 이아고?

이아고 부인께 청혼을 하셨을 때

110   마이클 카시오가 두 분의 사랑을 알고 있었나요?

오셀로 그럼, 처음부터 끝까지 알고 있었지. 그건 왜 묻나?

이아고 아닙니다. 단지 궁금해서.

다른 뜻은 없습니다.

오셀로 뭐가 궁금하다는 건가, 이아고?

115   **이아고** 그가 부인과 아는 사이였다는 건 전혀 몰랐군요.

오셀로 아, 알고 있었네. 우리 사이를 자주 오가며 애썼지.

이아고 정말인가요?

오셀로 정말이냐고? 그럼, 정말 그랬지! 뭐가 잘못 됐나?

그가 정직하지 않다는 건가?

120   **이아고** 정직한가요, 장군님?

오셀로 정직하지, 암, 정직해.

이아고 장군님, 제가 알기로는 그렇습니다.

오셀로 자넨 어떻게 생각하나?

이아고 생각이요, 장군님?

125   **오셀로** "생각이요, 장군님?"

나 원, 이 사람 내 말만 따라하는군.

마치 자네 생각 속에 보여 주기에는 너무나 끔찍한

어떤 괴물이라도 있는 것 같군. 뭔가 할 말이 있는 모양일세.

방금도 카시오가 내 아내와 얘기하다 헤어졌을 때

130   자넨 "저건 또 무슨 짓이람?" 하고 말했겠다.

뭐가 어떻게 됐단 말인가?

그리고 또 내가 구애를 하는 내내

그가 조언을 해 줬다는 얘기를 듣고는,

"정말인가요?" 하고 외쳤어.

135   그러고는 눈썹을 모으고 잔뜩 찌푸렸지.

꼭 머릿속에 뭔가 무서운 생각을 가둬 두고 있는 듯 말이야.

자네가 정말 날 위한다면 자네 생각을 말해 보게.

이아고   장군님, 제가 장군님을 위한다는 건 아시지요?

오셀로   나도 그렇게 생각하네.

140   자네가 정말 날 위하고 아주 충직하다는 걸 알고 있네.

그리고 말하기에 앞서 신중히 생각하는 것도 알기에

이렇게 말을 멈추는 것이 더욱 두려워진단 말이네.

그런 것은 거짓되고 불충한 놈에게는 습관적인 속임수지만

정의로운 사람에겐 가슴에서 우러나와

145   감정으로는 통제하지 못하는 은밀한 암시니까.

이아고   마이클 카시오는,

감히 맹세하지만 정직하다고 생각합니다.

오셀로   나도 그렇게 생각하네.

이아고   사람은 겉과 속이 같아야 합니다.

150 속이 다른 자들은 사람으로 보이지 않았으면 좋겠습니다!

오셀로 물론, 사람이란 겉과 속이 같아야지.

이아고 그렇다면, 저는 카시오가 정직하다고 생각합니다.

오셀로 아니야, 자네 말에는 뭔가 다른 뜻이 있어!

제발 자네가 곰곰이 생각하는 바를,

155 자네 생각을 털어놓게. 아무리 나쁜 생각이라도,

아무리 나쁜 말이라도 괜찮네.

이아고 장군님, 용서하십시오.

비록 제가 직무상 온갖 일에 매여 있지만,

노예들도 자유로운 그것35)에는 매여 있지 않습니다.

160 제 생각을 말하라고요?

글쎄요, 그것이 추하고 거짓된 것이라면요.

가끔씩 추한 것들이 침입하지 않는 궁궐이 어디에 있습니까?

이 세상 어느 누구의 가슴이,

불순한 생각과 합법적인 명상이,

165 판관으로 함께 앉아 재판하지 않을 만큼

순수하단 말입니까?

오셀로 이아고, 친구가 부당한 일을 당하고 있는 걸

알면서도 그걸 알려 주려 하지 않는다면

자넨 친구를 해치는 음모를 꾸미는 걸세.

170 **이아고** 장군님께 간청컨대,

---

35) 자신의 생각을 말하는 것을 의미한다.

어쩌면 제 추측이 잘못된 것인지 모르지만—

고백하건대, 저에게는 남의 잘못을 염탐하고,

질투심 때문에 있지도 않은 잘못을 만들어 내는,

나쁜 버릇이 있습니다— 현명하게 판단하셔서

175 불확실한 추측을 하는 자에게 신경 쓰지 마시고,

그의 두서없고 분명치 않은 관찰 때문에

스스로 걱정거리를 만들지 마시기 바랍니다.

제 생각을 말씀드리는 건

장군님의 평안이나 이익에도 좋지 않고

180 저의 사내다움, 정직성, 지혜에도 도움이 되지 않습니다.

오셀로 그게 무슨 뜻인가?

이아고 장군님. 명예는 남녀를 불문하고

영혼의 값진 보석입니다.

내 지갑을 훔치는 자는 쓰레기를 훔치는 것이지요.

185 지갑이야 별게 아닙니다.

내 것이었다가 남의 것이 되고,

또 수많은 사람들의 노예 노릇을 하지요.

하지만 명예라는 것을 도둑맞으면

훔친 자는 부자가 되지 않지만

190 빼앗긴 자는 그야말로 가난뱅이가 되지요.

오셀로 자네 생각을 기필코 들어야겠네.

이아고 설령 제 심장이 장군님 손안에 있다 해도 안 됩니다.

하물며 제가 움켜쥐고 있는 한 더욱 안 되지요.

오셀로 허어!

195 **이아고** 아, 장군님, 질투를 경계하셔야 합니다.

질투란 놈은 먹잇감을 조롱하며 해치우는

초록 눈의 괴물입니다.

아내의 부정을 알고는 자기 운명으로 받아들이고

아내에게 미련을 두지 않는 남자는 행복한 사람입니다.

200 하지만 홀딱 빠져 있으면서도 의심하고,

의심하면서도 열렬히 사랑하는 남자는

아, 얼마나 저주스럽게 순간순간을 헤아리며 살아야 할까요!

오셀로 아, 비참한 일이로고!

이아고 가난해도 만족한다면 큰 부자입니다.

205 제아무리 엄청난 부자라도 가난뱅이가 될까 봐

늘 걱정만 한다면 겨울과 같이 가난한 자입니다.

하나님, 저희 인간들 모두의 영혼이

질투에 빠지지 않도록 지켜 주소서!

오셀로 *왜? 어째서 그런 말을 하는 건가?*

210 *자네는 내가 질투에 사로잡혀 살 거라 생각하나?*

언제나 변하는 달을 좇아 항상 새롭게 의심을 품을 줄 아나?

아니야! 나는 일단 의심을 품게 되면

곧바로 결판을 내야 하는 성격일세. 내가 자네 추측대로

그따위 어이없고 과장된 억측에 마음을 쓴다면

215 *날 염소와 바꾸게. 내 아내가 예쁘고, 잘 먹고,*

어울리기 좋아하고, 말솜씨 좋고, 노래 잘하고,

연주 잘하고, 춤까지 잘 춘다고 누가 말해도

나는 질투하지 않을 걸세.

덕이 있는 사람에게는 이런 것들이 더 장점이 되거든.

220 나 자신에게 부족한 점이 있어도 아내가 부정한 짓을 할까

조금이라도 걱정하거나 의심하지 않을 걸세.

그녀가 자신의 두 눈으로 나를 선택했으니까.

아니야, 이아고,

난 의심하기 전에 확인할 것이고 의심이 되면 밝혀낼 걸세.

225 그리고 증거가 있다면, 방법은 이것밖에 없어.

당장 사랑이 아니면 질투를 버리는 거야!

이아고 그렇게 말씀하시니 기쁩니다.

이제야 저도 솔직하게 장군님에 대한 애정과 충성심을

보여 드릴 수 있겠습니다. 그러면, 장군님께서 원하시니

230 말씀드리겠습니다. 아직 증거를 말하는 건 아닙니다.

부인을 눈여겨 살피십시오.

특히 카시오와 함께 있을 때를 주의해서 보십시오.

질투하는 것도 안심하는 것도 아닌 눈빛을 하셔야 합니다.

장군님의 너그럽고 고귀한 성품이 타고난 관대함으로 인해

235 기만당하는 것을 원치 않습니다. 그 점을 조심하십시오.

저는 우리나라 사람들의 기질을 잘 압니다.

베니스에서는 여자들이 남편 앞에서는 감히 보여 주지 못하는

못된 장난을 신 앞에서는 거리낌 없이 한답니다.

그들에게 최선의 양심이란

240 　못된 짓을 그만두는 것이 아니라, 들키지 않는 것이지요.

오셀로 그게 사실이란 말인가?

이아고 부인은 아버지를 속여 장군님과 결혼한 분이십니다.

　그리고 장군님의 얼굴을 두려워하며 떠는 듯 보였을 때가

　장군님을 가장 사랑했을 때였습니다.

245 **오셀로** 그랬었지.

이아고 그렇지요. 그럼 생각해보세요.

　그렇게 어린 나이에 속 다르고 겉 다르게 꾸며

　아버지의 눈을 감쪽같이 속여,

　그가 마법 때문이라고 생각할 정도였으니까요.

250 　아니, 제가 말이 지나쳤나 봅니다.

　장군님을 진심으로 위해서 드린 말씀이니

　부디 용서해 주십시오.

오셀로 자네에게 평생 빚을 졌네.

이아고 괜히 장군님의 마음을 상하게 했습니다.

255 **오셀로** 아니, 조금도 그렇지 않네.

이아고 아무래도 그런 것 같아 걱정스럽습니다.

　제가 말씀드린 건 장군님을 위하는 마음 때문이라고

　생각해 주십시오. 하지만 기분이 언짢으신 것 같습니다.

　제발 부탁드립니다만, 제가 드린 말씀을 곡해해서

260 　단순한 의심을 넘어 지나친 결론을 내리거나

　의미를 확대하지 마십시오.

오셀로 그런 일은 없을 걸세.

이아고 만일 그렇게 하신다면 제가 생각한 의도와는

전혀 다른 불행한 결과를 낳을 것입니다.

265 카시오는 저의 소중한 친구입니다. —

장군님, 기분이 언짢아 보이십니다.

오셀로 아니, 그렇지는 않네.

데스데모나는 정숙한 여자야.

이아고 부인께서 언제까지나 그러시길!

270 장군님께서도 언제까지나 그렇게 생각하시길!

오셀로 그렇지만 어떻게 본성이 순리를 벗어나서 — .

이아고 네, 문제는 바로 그겁니다 — 감히 말씀드리자면 —

부인께서는 나라와 피부색,

그리고 신분이 같은 구혼 상대들에게

275 눈길을 주지 않으셨습니다.

모든 면에서 그들에게 끌리는 것이 본성일 텐데 말이지요 —

쳇, 그런 성향을 보면 아주 고약하고 추하게 일그러진,

부자연스러운 생각을 눈치 챌 수 있습니다.

하지만 용서하십시오. 이렇게 말씀드리는 건

280 특별히 부인을 꼬집어서 그렇다는 게 아닙니다.

다만 걱정스러운 것은 부인의 성향이 분별력을 되찾아,

자기 나라 남자들과 장군님을 비교하고

어쩌면 후회하게 될지도 모른다는 것이지요.

오셀로 그만 가 보게, 그만 가 봐.

285 뭔가 더 알게 되면 내게 알려 주게.

자네 부인에게도 감시를 부탁하네. 그만 가 보게, 이아고.

이아고 장군님, 그럼 물러갑니다.   *나간다*

오셀로 내가 왜 결혼을 했을까? 저 정직한 녀석은 분명히
털어놓은 것보다 훨씬 더 많은 것을 보고, 또 알고 있어.

290   **이아고** 장군님, 간청 드립니다.   *돌아온다*
이 일은 더 캐지 마시고 시간에 맡겨 두십시오.
카시오가 그 자리에 앉는 건 옳은 일입니다.
그는 분명 그 일을 충분히 해낼 능력이 있으니까요.
그러나 얼마간 그를 멀리하시면

295   그의 사람됨과 의도를 아시게 될 겁니다.
부인께서 카시오의 복직을 얼마나 강렬하고
집요하게 재촉하시는가를 눈여겨 보십시오.
그러면 많은 것을 아시게 될 겁니다. 그때까지는
저를 쓸데없이 걱정만 많은 녀석이라고 여겨 주십시오—

300   저로서는 걱정할 충분한 이유가 있긴 하지만—
그리고 부디 부인을 결백하다고 믿어 주십시오.

오셀로 내 자제심은 걱정 말게.

이아고 다시 한 번 물러갑니다.   *퇴장*

오셀로 이 친구는 너무나 정직하고,

305   세상 물정에도 밝아서 인간관계의 모든 면을 알고 있어.
만일 데스데모나가 도저히 길들일 수 없는 매라면
그녀의 발목 끈이 내 소중한 심장을 옭아매는 끈이더라도
내 휘파람을 불어 날려 보내

그녀가 바람을 따라 마음껏 먹이를 찾아 나서게 하겠다.

310 어쩌면 내가 검고,

한량들의 고상한 사교술을 갖추지 않았다고 해서,

또는 내 나이가 한창 때를 지났다고 해서 —

아니, 그렇게 많지도 않은데 —

그녀의 마음이 떠난 건지도 몰라. 나는 속았다.

315 그리고 그녀를 증오하는 것만이 내 위안이로구나.

아, 저주스런 결혼이여!

이 사랑스러운 피조물을 제 것이라고 큰소리치지만

그 욕정까지 제 것으로 만들 수는 없단 말인가!

내 차라리 두꺼비가 되어

320 지하 감옥의 습기나 마시며 살지언정

내가 사랑하는 것의 한 귀퉁이36)를

다른 이들이 쓰게 하지는 않겠다.

그러나 이건 지체 높은 사람들이 받는 저주다.

차라리 하층계급 사람들이 낫구나.

325 이건 죽음처럼 피할 수 없는 운명이다.

이 뿔 돋친 저주37)는 어머니 배 속에서 꿈틀거릴 때부터

타고나는 운명이란 말인가. 저기 데스데모나가 오는군.

데스데모나와 에밀리아 다시 등장

---

36) 한 귀퉁이는 여성의 성기를 가리킨다.

37) 바람난 아내를 둔 남편은 머리에 뿔이 돋는다고 전해진다.

아내가 부정하다면, 하늘이 스스로를 조롱하는 것이리라!

난 믿을 수 없다.

330 **데스데모나** 여보, 웬일이세요?

식사 준비가 됐어요. 당신이 초대한 이 섬의 귀한 분들이

당신을 기다리고 계세요.

오셀로 미안하오.

데스데모나 왜 그렇게 힘없이 말씀하세요?

335 어디 편찮으세요?

오셀로 이마가 지끈거리고 아프오.

데스데모나 주무시지 못해서 그래요. 다시 좋아질 거예요.

제가 이마를 단단히 매 드릴게요.　　　　　*손수건을 건넨다*

한 시간 안으로 좋아질 거예요.

340 **오셀로** 당신 손수건은 너무 작아.

　　　　　　　　　그가 손수건을 밀어내자 손수건이 떨어진다

내버려 두시오. 자 함께 들어갑시다.　　　　　*퇴장*

데스데모나 편찮으셔서 정말 걱정이에요.　　　*그를 따라가며*

에밀리아 이 손수건을 손에 넣다니 잘됐어!　　*손수건을 집는다*

이건 부인이 무어 장군에게 받은 첫 정표야.

345 변덕스런 남편이 이걸 훔쳐 내라고 골백번은 졸라댔지.

하지만 부인은 이 손수건을 너무나 아껴―

장군이 부인에게 언제나 간직하라고 당부했으니까―

언제나 몸에 지니고 다니면서 입을 맞추고

말을 걸기도 한단 말이야. 이것과 똑같이 무늬를 본떠서

350　남편에게 줘야겠어.

이걸로 뭘 할지는 하늘만이 알겠지. 나는 모르겠어.

그저 그의 변덕에 맞춰주는 것뿐이지 아무것도 몰라.

이아고 등장

이아고　웬일이야? 혼자 여기서 뭘 하는 거야?

에밀리아　잔소리하지 말아요. 당신에게 줄 게 있어요.

355　**이아고**　내게 줄 거라고? 보나마나 흔해빠진 거겠지 ―

에밀리아　흥!

이아고　멍청한 여편네처럼.

에밀리아　말 다했어요?

그게 바로 그 손수건이라면 내게 뭘 줄 거죠?

360　**이아고**　무슨 손수건?

에밀리아　무슨 손수건이냐고요?

무어 장군이 부인한테 준 첫 선물 말예요.

당신이 자꾸만 훔쳐 오라고 시켰잖아요.

이아고　그걸 부인한테서 훔쳤다고?

365　**에밀리아**　아니에요. 부인이 무심코 떨어뜨렸어요.

마침 여기 있다 주웠을 뿐이에요.

봐요, 이거예요.

이아고　잘했군. 이리 줘.

에밀리아　이걸로 뭘 하려는 거죠? 이걸 슬쩍 해 오라고

370   그렇게 졸라 댔잖아요.

이아고 왜, 무슨 상관이야?   손수건을 잡아챈다

에밀리아 무슨 특별한 목적이 없으면 돌려줘요.

가엾은 부인, 이게 없어진 걸 알게 되면

미쳐 버릴 거예요.

375   **이아고** 모른 체하고 있어. 다 쓸 데가 있거든.

이제 그만 가 봐.   에밀리아 퇴장

이 손수건을 카시오의 숙소에 떨어뜨리고

놈이 발견하게 하는 거야. 공기처럼 가벼운 사소한 것도

질투로 눈먼 놈에게는 성서만큼이나 확실한 증거가 되지.

380   이게 한몫을 할 거야.

무어인은 벌써 내가 먹인 독약에 마음이 변하고 있어.

위험한 상상은 그 자체가 독약이어서

처음에는 그 불쾌한 맛을 거의 알아채지 못하다가

핏속에 조금이라도 작용하게 되면

385   화산처럼 불타오르게 되지. 내가 그렇다고 했잖아.

오셀로 등장   조금 떨어진 곳에서

봐, 놈이 오고 있구나! 그 어떤 아편이나 마취약으로도,

이 세상의 온갖 수면제로도

어젯밤 너의 달콤한 잠을

다시는 맛보지 못할 것이다.

390 **오셀로** 허, 허, 날 배신해? 내 아내가?

이아고 저런, 장군님, 왜 이러십니까?

그 일은 그만 생각하십시오.

오셀로 꺼져, 꺼져 버려! 네놈이 날 고문대에 올려놓았다.

맹세코 어설프게 조금 알고 있는 것보다는

395 차라리 완전히 속고 있는 편이 낫겠다.

이아고 왜 이러십니까, 장군님?

오셀로 나 몰래 아내가 즐긴 욕정의 시간을 어찌 알겠나?

난 보지도 못했고, 의심도 하지 않았어.

그러니 괴롭지도 않았다.

400 그 다음 날 밤도 잘 자고, 잘 먹고, 편하고, 즐거웠다.

아내 입술에서 카시오의 키스 자국도 볼 수 없었다.

도둑을 맞아도 잃어버린 걸 찾지 않을 때는

알리지 않는 게 좋아.

모르면 도둑맞지 않은 거나 다름없으니까.

405 **이아고** 그렇게 말씀하시니 죄송합니다.

오셀로 보병을 비롯해 온 부대 안의 장병들이

그녀의 달콤한 몸뚱이를 맛보았다 하더라도

몰랐다면 난 행복했을 거다. 아, 이제 마음의 평화와는

영원히 작별이구나! 만족감도 끝이다!

410 야망을 미덕으로 만들어 주는 깃털로 장식한 군대도,

큰 전쟁과도 끝이다. 아, 모두 사라졌어!

힝힝 울어 대는 군마도, 날카로운 나팔 소리도,

기운을 북돋는 북소리도, 귀청을 찢는 피리 소리도,

장엄한 깃발도, 모든 훌륭한 자질도,

415　영광스러운 전쟁의 위용과 위풍당당함도

이제 모두 모두 끝이다!

그리고 아, 치명적인 대포여, 넌 거친 목소리로

불멸의 조브 신이 내지르는 무시무시한 고함을 흉내 냈지.

잘 있거라! 이제 오셀로가 할 일은 없다.

420　**이아고**　장군님, 대체 어찌 되신 겁니까?

오셀로　이 나쁜 놈, 내 아내가 창녀라는 걸 증명해 봐라!

이아고를 잡는다

확실히 증명하라고.

내 눈으로 직접 확인할 수 있는 증거를 보이란 말이다.

그렇지 않으면 내 불멸의 영혼에 맹세코,

425　네놈이 내 끓어오르는 분노를 감당하느니

차라리 개로 태어나는 편이 더 나았을 거라고

느끼게 해 주겠다!

이아고　어쩌다 이렇게까지 되셨습니까?

오셀로　증거를 보여라.

430　아니면 적어도 의심할 구석이나 틈새가

한 치도 없을 정도로 증명해 보아라.

그렇지 않으면, 네 목숨은 없을 줄 알아라!

이아고　고결하신 장군님 ―

오셀로　만일 아내를 모함해서 나를 괴롭힌 거라면,

435 더 이상 바라지 마라. 후회 따위는 모두 버려라.

생각할 수 있는 죄란 죄는 모조리 저질러 봐라.

하늘도 울고, 땅도 놀라게 할 짓을 해 보아라.

그래 봤자 이보다 더 지독한 저주를 쌓을 수는

없을 테니까.

440 **이아고** 아, 하나님! 제발 저를 용서하소서!

장군님도 남자입니까? 영혼이나 분별력이 있으신가요?

안녕히 계십시오. 저를 파직시켜 주십시오.

아, 가엾은 멍청이.

정직하게 굴다가 악당 취급을 받게 되다니!

445 아, 끔찍한 세상이여! 조심해야 해, 조심! 아, 세상이여!

솔직하고 정직하면 안전하지 않군요.

교훈을 주셔서 감사합니다.

이제부터는 친구를 사랑하지 않겠습니다.

사랑하면 이렇게 상처만 받으니까요.

450 **오셀로** 아니야, 기다려. 자네는 정직해야 해.

이아고 저도 약게 살렵니다.

정직해 봤자 바보짓이고

정직하게 위해 주다 그 사람만 잃게 되니까요.

오셀로 맹세컨대,

455 난 아내가 정숙하다고 생각하다가도 그렇지 않다고 생각해.

난 자네가 옳다고 생각하다가도 그렇지 않다고 생각하지.

증거를 찾아야 해.

다이아나 여신[38]의 얼굴처럼 깨끗했던 내 이름이
이제는 마치 내 얼굴같이 더럽혀지고 검게 되었다.

460 밧줄이건 칼이건,
독이건, 불이건, 아니면 익사할 수 있는 강물이 있다면
난 참지 않겠다. 진실을 알 수만 있다면!
이아고 장군님께서는 너무 흥분해 계십니다.
그런 말씀을 드린 것이 후회가 됩니다.

465 확인하고 싶으세요?
오셀로 확인하고 싶으냐고? 아니, 꼭 확인하고야 말겠다.
이아고 그럴 수도 있겠지요. 하지만 어떻게요?
어떻게 확인하겠단 말씀인가요?
구경꾼처럼 입을 헤벌리고 빤히 지켜보시겠단 말씀입니까?

470 놈이 부인을 올라타고 있는 걸 보시겠냐고요?
오셀로 저주받아 죽을 것들! 아!
이아고 두 사람이 그 짓을 하는 장면을 보여 드리는 건
시간도 걸리고 어려운 일입니다.
행여 그들이 침대에서 몸을 섞는 것을

475 두 사람 말고 다른 누군가가 본다면
그때 가서 그들을 저주하세요!
그러면 뭘 해야 하지요? 어떻게 해야 할까요?
글쎄요? 어떻게 해야 확인할 수 있을까요?

---

38) Dian's visage 로마 신화에 나오는 정절과 달의 여신.

직접 그 장면을 보시겠다는 건 불가능합니다.

480   그들이 염소처럼 음탕하고, 원숭이처럼 몸이 달아오르고,

발정 난 늑대처럼 음란하고, 술 취한 무식쟁이처럼

싱스러운 바보라도 말입니다. 하지만 가령,

진실의 문으로 곧바로 인도하는

실마리나 믿을 만한 정황으로 확인하시겠다면,

485   그렇게는 할 수 있습니다.

오셀로 내 아내가 부정하다는 확실한 근거를 대라.

이아고 그런 일은 하고 싶지 않습니다.

하지만, 제가 이 일에 여기까지 발을 들여놓았기에 —

어리석게도 정직하고 사랑하는 마음에서 —

490   계속 말씀드리죠.

얼마 전에 저는 카시오와 함께 잠을 잤습니다.

그런데 치통이 심해서 잠을 이룰 수가 없었습니다.

사람들 중에는 자면서

무의식중에 자기가 벌인 정사를 중얼거리는 부류가 있습니다.

495   카시오가 바로 그런 부류입니다.

그가 잠결에 이렇게 말하는 것을 들었습니다.

"오, 사랑스러운 데스데모나, 조심합시다.

우리의 사랑을 들키지 맙시다."

그러고 나서 제 손을 꼭 움켜잡고

500   "오, 사랑스러운 사람!" 하고 소리쳤습니다.

그 다음엔 제 입술에서 키스가 자라나기라도 한 듯,

그것을 뿌리째 뽑아 낼 기세로 힘껏 키스했습니다.

그런 다음 자기 다리를 제 허벅지 위에 올려놓고,

한숨을 짓고, 키스를 하고는 외쳤습니다.

505 "저주받은 운명이여, 그대를 무어인에게 주다니."라고요.

오셀로 아, 끔찍하다! 끔찍해!

이아고 왜 그러세요, 그저 꿈결에 한 짓일 뿐입니다.

오셀로 하지만 이건 전에 무슨 일이 있었다는 얘기지.

비록 꿈이라도 충분히 의심이 간다.

510 **이아고** 이것이 어렴풋이 드러나는 다른 증거들을

확실하게 해 주는 데 도움이 될 겁니다.

오셀로 그년을 갈기갈기 찢어 버릴 테다!

이아고 아닙니다. 그래도 현명하게 처신해야 합니다.

아직 아무것도 보질 못했습니다.

515 부인이 결백할지도 모릅니다.

다만 한 가지 여쭤 보겠습니다.

때로 부인께서 딸기 무늬 수가 놓인 손수건을

손에 들고 계신 걸 본 적이 있으신가요?

오셀로 그런 걸 주었지. 내가 아내에게 준 첫 선물이야.

520 **이아고** 그걸 몰랐군요. 하지만 그런 손수건으로—

부인 것이 틀림없는 듯합니다만—

오늘 카시오가 수염을 닦는 걸 보았습니다.

오셀로 만약 그게 그 손수건이라면…….

이아고 그 손수건이건, 아니면 부인의 다른 손수건이건,

525 다른 증거들과 맞춰 볼 때 부인에게 불리해집니다.

오셀로 아, 그 노예 놈 목숨이 수만 개나 되었으면 좋겠다!

내 복수를 하기에 하나로는 너무 부족하고 성이 차지 않아.

이제 사실임을 분명히 알겠다. 이걸 보게, 이아고.

내 어리석은 사랑은 모두 하늘로 날려 보내겠어.

530 사랑은 사라졌다.

일어나라 시커먼 복수여, 너의 텅 빈 지옥에서!

아, 사랑이여, 그대의 왕관과 마음속의 옥좌를

저 포악한 증오심에 넘겨라! 부풀어 올라라, 가슴이여.

네 가슴은 독사의 혓바닥에서 나온 독으로 가득 찼으니!

535 **이아고** 진정하세요.

오셀로 아, 피다, 피, 피다!

이아고 참으세요. 제발. 마음이 바뀔지도 모르니까요.

오셀로 이아고, 절대 그럴 리 없다.

저 폰틱 해[39]의 차가운 격류가 결코 물러서는 법 없이

540 프로폰티스 해[40]와 헤레스폰트 해협[41]으로

곧바로 나아가듯이,

피에 굶주린 내 마음은

결코 뒤돌아보거나 비굴한 사랑으로 뒷걸음질 치지 않고

속 시원히 되갚아서 모든 복수심을 묻어 버릴 때까지

---

39) Pontic sea 흑해를 가리킨다.

40) Propontic 마르마라 해를 가리키며 에게 해와 흑해 사이에 있다.

41) Hellespont 다르다넬스 해협으로, 에게 해와 마르마라 해 사이에 있다.

545 맹렬한 기세로 나아갈 것이다.

이제, 저 대리석처럼 푸른 하늘에 맹세한다.　　　무릎을 꿇는다

신성한 서약에 합당한 경건한 마음으로

여기 이렇게 내 언약을 맹세한다.　　　일어나려 한다

이아고 아직 일어나지 마십시오.　　　무릎을 꿇는다

550 영원히 불타는 하늘의 빛들과

우리를 둘러싼 원소들이여,

여기 이아고는 배신당한 오셀로 장군님을 위해

지혜, 손, 마음으로 할 수 있는 것은 모두

바칠 것을 맹세합니다. 명령을 내리시면

555 아무리 잔인한 일이라도 복종하는 것이

제게는 양심이 될 것입니다.

오셀로 자네의 호의에 감사하네.

그저 하는 소리가 아니라 진심으로 받아들이겠네.

자네에게 당장 일을 맡기겠네.

560 앞으로 사흘 안에

카시오는 살아 있지 않다는 말을 듣게 해 주게.

이아고 제 친구는 죽은 목숨이군요.

명령대로 하겠습니다. 하지만 부인은 살려 주십시오.

오셀로 저주받을 것, 음탕한 계집!

565 아, 지옥으로 떨어져라, 지옥으로!

자, 그만 헤어지세. 난 안으로 들어가서

저 아름다운 악마를 빨리 죽일 방도를 궁리할 테니.

이제부터는 네가 내 부관이다.

이아고 영원히 장군님을 따르겠습니다.　　　　　모두 퇴장

3막 4장⁴²⁾

장면 8

데스데모나, 에밀리아, 광대 등장

데스데모나 이보게, 카시오 부관이 어디에서 지내는지 아는가?

광대 어디서 사기치는지⁴³⁾ 말 못하지요.

데스데모나 그건 왜?

광대 그분은 군인인데,

5　　사기 친다고 했다가는 칼 맞기 십상이에요.

데스데모나 거참, 그분의 숙소가 어디냔 말이야?

광대 그분이 어디에서 묵고 있는지 말하는 건

제가 어디에서 거짓말을 하는지 말하는 거지요.

데스데모나 그게 도대체 무슨 말이지?

10　**광대** 그분의 숙소는 모릅니다.

그걸 멋대로 지어내서

여기 산다 또는 저기 산다 말하면,

---

42) **장소** 키프로스 (요새 밖으로 추정).

43) lies(거처하다)를 lies(거짓말하다)로 해석한 말장난.

터무니없는 거짓말이 됩니다.

데스데모나 사람들에게 그분이 있는 곳을 물어봐서

15 내게 알려 줄 수 있겠지?

광대 온 세상과 문답하여 그분을 찾아보지요.

즉, 질문을 하고 그에 대해 대답을 한다는 말입니다.

데스데모나 그분을 찾아 이리로 오시라고 해.

내가 그분을 위해 장군님께 청을 드렸으니

20 모든 일이 잘될 거라고 말씀드려.

광대 이런 일은 사람의 지혜로 할 수 있지요.

그러니까 그 일을 해보겠습니다. 광대 퇴장

데스데모나 에밀리아, 내가 그 손수건을

도대체 어디서 잃어버렸을까?

25 **에밀리아** 전 모르겠어요, 아씨.

데스데모나 차라리 금화가 가득 든 지갑을

잃어버리는 편이 나았을 텐데.

고귀한 무어 장군님은 마음이 진실하고

질투심 많은 인간들처럼 천박하지 않으니 망정이지,

30 그렇지 않으면 충분히 나쁜 생각을 할 만한 일이야.

에밀리아 장군님은 질투하지 않으세요?

데스데모나 누구, 그분이?

그분이 태어난 곳의 태양이

그런 기질을 모조리 빨아들인 것 같아.

35 **에밀리아** 장군님이 오십니다.

오셀로 등장

데스데모나 저이가 카시오를 부를 때까지
곁을 떠니지 않을 거야. ─여보, 기분이 어떠세요?
오셀로 좋소, 부인. 시치미 떼는 것도 어렵구나!　　　방백
당신은 어떻소, 데스데모나?

40　　**데스데모나** 좋아요, 여보.
오셀로 손을 줘 보시오. 부인, 손이 촉촉하구려.
데스데모나 아직 나이도 들지 않았고,
슬픔도 모르는 손이니까요.
오셀로 이건 너그럽고 열린 마음을 나타낸다오.　　일부 방백?

45　　뜨겁디 뜨겁고 촉촉한 손이오. 당신 손을 보니
자유로움을 절제하고, 단식과 기도,
많은 수행을 하고 독실한 예배를 드려야 하겠소.
이런 손에는 젊고 음탕한 악마가 깃들어
쉽게 모반을 하니까 말이오.

50　　착한 손이고, 헤픈 손이오.
데스데모나 사실, 그렇게 말씀하실 수도 있어요.
제 마음을 드린 것이 바로 이 손이었으니까요.
오셀로 헤픈 손이야. 옛날엔 마음과 함께 손을 주었는데,
요즘은 마음 없이 손만 준다더군.

55　　**데스데모나** 무슨 말씀인지 모르겠군요.
자, 그럼 약속은 어떻게 됐나요?

오셀로 여보, 무슨 약속 말이오?

데스데모나 카시오한테 사람을 보냈어요.

와서 직접 말씀을 드리라고요.

60 **오셀로** 콧물이 나와 못 견디겠소.

손수건 좀 빌려 주시오.

데스데모나 여기 있어요.   *손수건을 내민다*

오셀로 내가 준 것 말이오.

데스데모나 지금은 갖고 있지 않아요.

65 **오셀로** 갖고 있지 않다고?

데스데모나 네, 그래요, 여보.

오셀로 그러면 안 되오.

그 손수건은 어떤 이집트 여자가 어머니께 준 거요.

그 여자는 마법사였는데,

70 사람들이 하는 생각을 거의 읽어 낼 수 있었소.

그 여자가 어머니께 말하기를

그 손수건을 가지고 있는 동안에는

그것이 어머니를 사랑스럽게 만들어

아버지의 사랑을 독차지할 수 있을 것이지만,

75 그걸 잃어버리거나 다른 사람에게 주게 되면,

아버지의 눈에는 어머니가 혐오스럽게 보일 것이고

아버지의 마음은 새로운 연정을 쫓을 것이라고 했소.

어머니는 돌아가실 때 그걸 내게 주시고,

운명적으로 내게 아내가 생기면

80　그걸 아내에게 주라고 말씀하셨소.

그래서 당신에게 준 거요.

그러니 조심하고, 당신의 소중한 눈처럼 애지중지하시오.

이걸 잃어버리거나 남에게 준다면

그 무엇과도 비교할 수 없는 큰 재앙이 올 것이오.

85　**데스데모나**　그럴 수가 있나요?

오셀로　사실이오. 그 손수건에는 마법이 깃들어 있소.

이 세상에서 태양이 이백 번이나 도는 것을 헤아린 한 마녀가

격렬한 예언의 영감에 사로잡혀

그 손수건에 수를 놓았소.

90　신성한 누에고치에서 비단실을 뽑아,

장인들이 처녀 미라의 심장에서 짜낸 즙으로 물들인 것이오.

데스데모나　정말요? 사실인가요?

오셀로　틀림없소. 그러니까 잘 간수하시오.

데스데모나　그렇다면 차라리 보지 말았으면 좋았을걸!

95　**오셀로**　허, 어째서 그렇소?

데스데모나　왜 그렇게 퉁명스럽고 사납게 말씀하세요?

오셀로　잃어버렸소? 없어졌소? 말해 보시오, 사라진 거요?

데스데모나　어쩌면 좋아!

오셀로　뭐라고?

100　**데스데모나**　잃어버린 건 아니에요.

하지만 잃어버렸다면 어떡하죠?

오셀로　무슨 말이오?

데스데모나 제 말은 잃어버리진 않았다고요.

오셀로 가져와 봐요. 내게 보여 주시오!

105 **데스데모나** 물론 보여 줄 수 있어요. 하지만 당장은 아니고요.

지금 제 청을 피하려고 딴청을 부리시는 거군요.

제발 카시오를 다시 받아 주세요.

오셀로 손수건을 가져와요! 마음이 놓이지 않소.

데스데모나 자, 자 어서요.

110 그분만큼 유능한 사람은 만나지 못하실 거예요.

오셀로 손수건을 보여 주시오.

데스데모나 평생 자신의 운명을

당신의 사랑에 의지해 왔고,

당신과 위험을 함께 겪어 온 사람을—

115 **오셀로** 손수건!

데스데모나 정말이지, 당신 너무해요.

오셀로 비키시오!   퇴장

에밀리아 저런 분이 질투심이 없다고요?

데스데모나 이런 일은 처음이야.

120 분명 그 손수건에 이상한 힘이 있나 봐.

그걸 잃어버렸으니 난 정말 불행해.

에밀리아 남자들은 한두 해 겪어 봐서는 몰라요.

남자가 위장이라면, 우리 여자는 음식과 같아요.

허기지면 걸신들린 듯 우리를 먹어치우지만,

125 배가 부르면 뱉어 버리거든요.

카시오와 이아고 등장

보세요, 카시오와 제 남편이에요.

이아고 다른 방법이 없습니다.

그 일을 하실 분은 부인뿐입니다.

저기 보세요. 운이 좋군요! 가서 끈덕지게 졸라 보세요.

130 **데스데모나** 안녕하세요, 카시오. 무슨 소식 없나요?

카시오 부인, 전에 말씀드린 청입니다.

청컨대 고결하신 부인의 도움으로 제가 다시 살아나

충심으로 존경하는 장군님의 총애를 받는 부하가 되도록

해 주십시오. 이젠 더 기다릴 수 없습니다.

135 제 잘못이 그토록 치명적이어서

과거의 공로나 현재의 참회,

또는 제가 목표하는 미래의 공로로도

그분의 총애를 되찾을 수 없다면,

그 사실을 아는 것만으로도 도움이 될 것입니다.

140 그러면 억지로 행복한 듯 가장하고

운명의 자선에라도 매달려

다른 길에 온힘을 다하겠습니다.

데스데모나 아아, 참으로 점잖은 카시오 님!

제 변호가 지금은 효력이 없네요.

145 장군님은 예전의 장군님이 아니에요.

그분의 외모가 기분처럼 바뀌었다면,

전 그분을 알아보지 못할 거예요.

모든 성스러운 영혼들이여, 저를 도와주소서.

부관님을 위해 최선을 다해 말씀드렸지만

150 제 거침없는 말 때문에 그분의 심기를 불편하게 한 것 같아요!

조금 기다려 주세요.

할 수 있는 일은 뭐든 할 거예요.

제 자신을 위해 애쓰는 것보다 더 많이 해 보겠어요.

그걸로 만족해 주세요.

155 **이아고** 장군님께서 화가 나셨습니까?

에밀리아 여기 계시다 방금 들어가셨어요.

분명히 이상하게 초조해 보였어요.

이아고 그분이 화를 내실 때도 있나?

저는 그분의 부하들이 대포에 맞아 공중으로 날아가고,

160 팔에 안은 형제나 다름없는 전우까지

그 악마 같은 대포에 잃는 것을 보았습니다.

그런데 그분이 화가 나셨다고요?

그렇다면 심상치 않은 일입니다.

가서 뵈어야겠습니다.

165 장군님이 화가 나셨다면 분명 뭔가 있습니다.　　　　　퇴장

데스데모나 제발 그렇게 해 주세요. 분명히 나랏일 때문이야.

베니스의 일이거나, 아니면 이곳 키프로스에서

어떤 비밀스런 음모가 발각되어

그분의 맑은 정신을 흐려 놓았을 거야.

170   이런 경우에 남자들이란 사소한 일에도 실랑이를 벌이지.

목표는 거창해도 말이야. 정말 그래.

손가락 하나가 아프면 몸의 다른 건강한 부분까지

고통을 느끼게 되거든.

그래, 남자들은 신이 아니란 사실을 명심해야 해.

175   그리고 그들에게 혼례 때나 어울리는 자상함을

기대해서는 안 돼. 나도 참 못됐지, 에밀리아.

내가 — 전사 자격도 없으면서 —

내 영혼을 범한 죄로 그분의 매정함을 기소했으니까,

하지만 이제 증인을 교사한 것이 나라는 걸 알았으니,

180   그분을 잘못 기소한 거지.

에밀리아 아씨 생각대로, 제발 나랏일 때문이고,

아씨와 관련된 의심이나 질투가 아니기를 빌어요.

데스데모나 아, 어쩌나, 난 의심받을 짓은 하지 않았어.

에밀리아 그렇지만 질투에 빠진 사람들에게

185   그런 대답은 소용없을 거예요.

이유가 있어서 질투하는 게 아니라,

원래 질투심이 있기 때문에 질투하는 거예요.

질투란 저절로 잉태되어 태어나는 괴물이거든요.

데스데모나 제발 그런 흉측한 괴물이

190   오셀로 님의 마음속에 들지 않도록 해 주소서!

에밀리아 아씨, 저도 기도 드릴게요.

데스데모나 그분을 찾아봐야겠어, —

카시오 님은 여기에 계세요.

그분의 기분이 괜찮으시면 부관님의 청을 꺼내고

195 일이 잘되도록 최선을 다해 보겠어요.

카시오 진심으로 부인께 감사드립니다.

　　　　　　　　　　　　퇴장[데스데모나와 에밀리아]

비앙카 등장

비앙카 카시오, 안녕하세요!

카시오 여긴 웬일이야?

어떻게 지냈어, 어여쁜 비앙카?

200 내 사랑, 그렇지 않아도 당신 집으로 가려던 참이야.

비앙카 카시오, 저도 당신 숙소로 가려고 했어요.

어쩌면, 일주일이나 오시질 않아요? 이레 낮, 이레 밤을요?

백예순여덟 시간이나요? 연인을 기다리는 시간은

실제 시간보다 백예순 배나 더 지루한 걸요.

205 아, 시간을 헤아리다 지쳐 버렸어요!

카시오 용서해 줘, 비앙카.

요즈음 내 마음이 납덩이처럼 무거워.

하지만 시간이 나면

함께하지 못한 빚을 다 갚아 줄게.

210 사랑스런 비앙카, 　　　　　데스데모나의 손수건을 그녀에게 건넨다

이 무늬대로 본을 좀 떠줘.

비앙카 아, 카시오 님, 이건 어디서 났어요?

새로 생긴 애인의 정표로군요.

그동안 오지 않은 이유를 이제야 알겠어요.

215 이렇게 된 줄도 모르고. 알았어요, 알았다고요.

카시오 그런 소리 마!

어떤 악마가 당신을 부추겼나 본데,

그따위 말도 안 되는 생각은 그 악마의 입속에나 처넣어.

당신 지금 이게

220 어떤 여자한테 받은 정표라 생각해서 질투하는 거군.

당치도 않아, 비앙카.

비앙카 그럼 누구 거죠?

카시오 나도 몰라. 내 방에 떨어져 있었어.

수놓은 게 아주 마음에 들어. 돌려주기 전에 —

225 분명 그렇게 될 테지 — 본을 떠 두고 싶어.

가져가서 그렇게 해 줘. 그리고 지금은 그만 가 봐.

비앙카 가라고요? 왜요?

카시오 여기서 장군님을 기다리는 거야.

내가 여자랑 얘기하는 걸 그분이 보면 좋을 게 없어,

230 게다가 내가 바라는 일도 아니야.

비앙카 왜죠, 말해 줘요.

카시오 당신을 사랑하지 않아서가 아니야.

비앙카 날 사랑하지 않기 때문이죠!

제발이지, 날 조금만 바래다줘요.

235 그리고 오늘밤 곧 온다고 말해 줘요.

카시오 조금밖에 바래다주지 못해.

여기서 기다리고 있어야 해. 하지만 곧 만나러 갈게.

비앙카 좋아요. 그런 사정이라면 할 수 없죠. 모두 퇴장

제4막

4막 1장
장면 8 계속

오셀로와 이아고 등장

이아고 어떻게 생각하십니까?

오셀로 어떻게 생각하느냐고, 이아고?

이아고 네, 몰래 키스했다는 거 말입니다.

오셀로 용납할 수 없는 키스다!

5 **이아고** 아니면 남자 친구와 침대에서 벌거벗고 한 시간이나

그 이상 함께했으면서, 아무 짓도 안 했다면요?

오셀로 이아고, 침대에서 벌거벗고,

그리고 아무 짓도 안 한다고?

그건 악마조차 속이려는 위선이야.

10 아무리 깨끗한 마음으로 그런다 해도

악마의 유혹을 받을 거고, 하늘을 시험하는 것과 같아.

이아고 아무 짓도 하지 않으면, 가벼운 실수지요.

하지만 제가 아내에게 손수건을 주었는데ㅡ.

오셀로 그런데?

15 **이아고** 그러면, 그건 아내 것이 되지요, 장군님.

그리고 아내 것이니 누굴 주더라도 상관없다고 생각합니다.

오셀로 아내라면 정조를 지켜야 할 것 아닌가?

그걸 주어도 괜찮단 말인가?

이아고 여자의 정조란 눈에 보이지 않는 것입니다.

20   여자들은 정조를 잃고도 자주 시치미를 떼곤 하죠.

하지만 그 손수건은 —.

오셀로 제발, 그것만은 정말 잊어버리고 싶었는데.

네가 말했겠다 — 아, 그 말은 전염병을 앓고 있는 집 위에서

까마귀가 모두에게 불길한 소리로 울어 대는 것처럼

25   내 기억 속에서 사라지질 않는구나 —

놈이 내 손수건을 가졌다고.

이아고 그랬죠. 그런데 그게 어쨌다는 겁니까?

오셀로 그게 이제는 그리 좋지가 않아.

이아고 그자가 장군님께 나쁜 짓을 하는 걸 봤다거나

30   장군님을 나쁘게 말하는 걸 들었다고 말씀드리면요? —

세상에는 그런 놈들이 널렸습니다.

본인이 끈덕지게 간청하거나,

여자 쪽에서 스스로 홀딱 반해서

여자를 정복하거나 만족시키고 나서는

35   떠들지 않고는 못 배기는 놈들이 —

오셀로 놈이 무슨 말을 했나?

이아고 했습니다. 장군님, 하지만 안심하십시오.

취소할 수 있는 말만 했으니까요.

오셀로 뭐라고 했지?

40   **이아고** 저기, 했다고 그러더군요. 무얼 했는지는 모르지만요.

오셀로 뭐야? 뭐라고?

이아고 누웠답니다.

오셀로 내 아내와 같이?

이아고 부인과 같이 누운 건지,

45   부인 위에 누운 건지는 좋으실 대로요.

오셀로 내 아내와 같이 누웠다고? 아내 위에 누웠다고?

여자를 비방할 때는

"그녀에 대해 거짓말을 한다"[44]라고도 말하지.

그녀와 같이 누웠다고! 구역질이 나는군.

50   손수건 — 자백 — 손수건! 먼저 자백시키고

그 죗값으로 교수형을 시켜야 해.

아니, 먼저 교수형을 시키고 나서 자백을 받아야 해!

치가 떨리는구나. 아무런 이유 없이

본성이 이처럼 불길한 격정에 사로잡힐 리가 없어.

55   말만 듣고서야 이처럼 마음이 심란할 수는 없지.

쳇! 코와 귀와 입술을? 그럴 수가! 자백? 손수건?

아, 악마여!   *실신해서 쓰러진다*

이아고 효력을 발휘해라,

내 독약이 효력을 발휘했다!

60   이렇게 귀가 얇은 바보들이 걸려들지.

그래서 훌륭하고 순결한 수많은 부인들이 이렇게

아무 죄 없이 수모를 당하게 되는 거야. —

---

44) 'lie on her'는 여자 위에 눕는다는 의미와 여자에 대해 거짓말을 한다는 두 가
지 의미로 해석할 수 있다.

이보세요, 장군님!

장군님, 오셀로 장군님! ―

카시오 등장

65 　카시오 부관님, 어쩐 일이십니까?

카시오 　무슨 일인가?

이아고 　장군님께서 간질로 쓰러지셨어요.

두 번째 발작이에요. 어제도 한 번 발작이 있었습니다.

카시오 　관자놀이를 문질러 보게.

70 　**이아고** 　혼수상태일 때에는 가만히 놔 둬야 합니다.

건드리면 입에 거품을 물고

점차 미친 사람처럼 난폭해지거든요.

아, 움직여요. 잠시 물러가 계세요.

곧 회복하실 겁니다. 장군님께서 가시고 나면,

75 　중대한 일로 할 얘기가 있습니다. 　　　　　　[카시오 퇴장]

장군님, 좀 어떠십니까? 머리를 다치지 않으셨는지요?

오셀로 　나를 놀릴 셈인가?

이아고 　놀리다니요? 절대로 아닙니다.

장군님께서 남자답게 운명을 견뎌 내시기를 바랄 뿐이에요!

80 　**오셀로** 　뿔이 돋은 남자45)는 이미 괴물이고 짐승이다.

---

45) 뿔이 돋은 남자란 바람난 여자를 둔 남자를 의미한다.

이아고 그렇다면 사람 많은 도시에는
짐승들과 점잖은 괴물들로 넘쳐나겠군요.

오셀로 놈이 자백했나?

이아고 장군님, 남자답게 행동하십시오.

85   결혼의 명에를 짊어진 수염 난 남자들이 모두
장군님과 같은 처지라는 걸 생각하세요.
수백만의 남자들이 지금도 매일 밤 자기 것이라고 장담하지만
꼭 그렇지도 않은 침대에서 잠을 자고 있답니다.
장군님의 경우는 나은 편입니다.

90   마음 편히 침대에서 바람난 여자와 입술을 맞추면서
그 여자를 정숙한 여자라고 생각하는 건
아, 그야말로 지옥의 저주고,
악마의 으뜸가는 조롱이지요! 안됩니다. 알려 주십시오.
그러면 제가 저를 알듯이

95   그녀가 어떤 사람인지 알 수 있습니다.

오셀로 아, 현명하구나. 맞는 말이다.

이아고 잠시만 물러나 계십시오.
인내심을 발휘해 주십시오.
장군님께서 슬픔에 넋이 나가 여기 계시는 동안—

100   장군님과는 전혀 어울리지 않는 격정이었습니다만—
카시오가 이곳에 왔습니다. 제가 그를 돌려보내고,
장군님이 실신한 것에 대해서는 적당히 둘러대고
나중에 다시 돌아와 얘기를 나누자고 했더니,

그자도 온다고 약속했습니다. 장군님께서는 몸을 숨기시고
105   놈의 얼굴에 조롱하고 조소하고, 또 경멸하는 빛이 있는지
구석구석 살펴보십시오.
제가 놈에게 다시 그 이야기를 하게 만들 테니까요.
부인과 어디에서, 어떻게, 얼마나 자주,
얼마나 오래전에 만났으며,
110   언제 다시 만날 것인지 물어보겠습니다.
놈의 몸짓을 주목하시기만 하면 됩니다.
제발, 참으셔야 합니다.
그러지 않으면 전 장군께서 완전히 낙담하셨으며
남자답지 못한 분이라고 말해야 할 테니까요.
115   **오셀로** 알겠나, 이아고?
교활하게 참기는 하겠네.
하지만 ─ 알겠지? ─ 누구보다 잔인할 걸세.
이아고 좋습니다.
그러나 너무 서둘지 마십시오. 물러가 계십시오.

오셀로 물러난다

120   이제 카시오에게 비앙카에 대해 물어봐야겠다.
자신의 욕정을 팔아서 빵과 옷을 사는 계집이지.
이 계집이 카시오에게 홀딱 빠져 있거든 ─
뭇 남자들을 속이면서도
한 남자한테 속아 넘어가는 게 창녀들의 팔자지.
125   그 계집 얘기를 들으면 놈은 자지러지게

웃지 않고는 못 배길 거다. 놈이 오는군.

카시오 등장

저 녀석이 웃으면 오셀로는 미치고 환장하겠지.
아무것도 모르고 질투에 눈이 뒤집혔으니
불쌍한 카시오의 웃음이나 몸짓, 들뜬 태도를
130   완전히 잘못 해석할 게 틀림없어.
부관님, 기분이 어떠십니까?
카시오 그런 호칭으로 부르니 더 서글퍼지는군,
그 호칭을 잃었으니 정말 괴롭네.
이아고 데스데모나 부인에게 열심히 청을 하세요.

                                     목소리를 낮춘다

135   그러면 문제없어요.
그런데, 이 청이 비앙카의 힘으로 해결되는 것이었다면
부관님은 단숨에 성공하셨을 텐데요!
카시오 아아, 가엾은 여자야!   **웃는다**
오셀로 저것 봐, 벌써 웃는군!
140   **이아고** 남자를 그렇게 좋아하는 여자는 처음 봐요.
카시오 아, 불쌍한 여자, 정말 나를 사랑하는 것 같아.
오셀로 이제는 살짝 부인하고, 웃어넘기는군.
이아고 그런데 들으셨나요, 카시오 님?
오셀로 이제 이아고가

145   얘기해 달라고 조르는군. 좋아, 잘한다, 잘해!

이아고 그 여자[46]가 부관님과 결혼한다고

여기저기 떠들고 다니던데요. 정말 그럴 생각이세요?

카시오 하, 하, 하!

오셀로 개선이라도 하는 것 같군.

150   로마인인가? 개선이라도 하느냐고?

카시오 내가 결혼을 해? 그래, 창녀하고?

제발 내게도 분별력이 있다는 걸 알아주게.

내가 그렇게도 분별력이 없어 보이나? 하, 하, 하!

오셀로 그래, 그래, 그래, 그래. 웃는 자가 이기는 거야.

155   **이아고** 글쎄, 부관님이 그 여자와 결혼한다는 소문이

아주 파다해요.

카시오 제발 농담은 그만두게.

이아고 사실이 아니라면, 제가 나쁜 놈이지요.

오셀로 내게 상처를 줘? 좋다!

160   **카시오** 그 원숭이 같은 계집이 제멋대로 퍼뜨린 소릴세.

혼자 좋아하고 우쭐해서는 내가 자기와 결혼할 거라

생각하는 것뿐이야. 난 그런 약속을 한 적이 없어.

오셀로 이아고가 신호하는군.

이제 놈이 그 얘길 꺼낼 모양이지.

165   **카시오** 그 계집이 방금 전에도 여기 있었어.

---

46) 여기서 '그 여자'는 비앙카를 가리킨다.

어디를 가든지 내 꽁무니를 졸졸 따라다니거든.

일전에도 베니스 사람들과 바닷가에서 얘기를 나누는데,

거기까지 그 싸구려 계집이 쫓아와서 내 목을 끌어안더군 —

오셀로 "아, 사랑하는 카시오!"라고 외쳤다는 거군.

170 놈의 몸짓을 보면 알 수 있지.

카시오 그렇게 매달려서 축 늘어진 채 울더니

날 흔들고 끌어당기는 거야. 하, 하, 하!

오셀로 지금은 데스데모나가 어떻게 자기를

내 침실로 끌고 들어갔는지 얘기하는군.

175 아, 네놈의 코는 보이지만,

그걸 던져줄 개는 보이지 않는구나.

카시오 이제, 그 계집과는 관계를 끊어야겠어.

이아고 이크! 보세요, 그 여자가 옵니다.

비앙카 등장

카시오 그냥 창녀일 뿐이야! 저런, 향수 냄새까지 풍기는군!

180 날 이렇게 쫓아다니는 이유가 뭐야?

비앙카 악마와 그 어미나 당신을 쫓아다니라고 해요!

좀 전에 내게 준 그 손수건은 무슨 뜻이죠? 그런 걸

받다니 난 정말 바보야. 나보고 무늬를 본뜨라고요?

당신 방에 떨어져 있었는데, 누가 떨어뜨렸는지

185 모른다고 꾸며대다니. 어떤 음탕한 계집이 준 정표겠지.

그런데 나보고 그걸 본뜨라니?

자요! 그 화냥년한테나 줘요.   *카시오에게 손수건을 준다*

어디서 구했는지 알 바 아니지만,

본뜨는 일은 못하겠어요.

190 **카시오** 왜 그래, 사랑스러운 비앙카! 왜 그래, 왜 그러냐고?

오셀로 분명, 저건 내 손수건일 거야!

비앙카 오늘밤에 저녁 먹으러 올 거면 와요.

아니면 다음에 시간 되면 오고요.   *퇴장*

이아고 쫓아가 보세요, 어서요!

195 **카시오** 그래야겠어. 아니면 길바닥에서 악담을 퍼부을 테니.

이아고 거기서 저녁 식사 하실 건가요?

카시오 그럴 생각이네.

이아고 그럼, 제가 혹시 뵈러 갈지 모르겠어요.

긴히 할 얘기가 있으니까요.

200 **카시오** 꼭 와 주게, 그럴 텐가?

이아고 가 보세요. 말씀은 그만 하시고.   *카시오 퇴장*

오셀로 저놈을 어떻게 죽이지, 이아고?   *앞으로 나오며*

이아고 몹쓸 짓을 하고도 웃는 걸 보셨나요?

오셀로 아, 이아고!

205 **이아고** 그리고 그 손수건도 보셨습니까?

오셀로 내 것이었나?

이아고 맹세코, 장군님 것이었습니다.

그리고 얼마나 부인을

바보 취급하는지도 보셨지요.

210 부인께 받은 손수건을 다시 창녀한테 줘 버렸군요.

오셀로 놈을 구 년에 걸쳐서 죽여 버리고 싶구나.

아내는 훌륭한 여자야!

아름다운 여자고! 상냥한 여자였는데!

이아고 아닙니다. 잊으셔야 합니다.

215 **오셀로** 그래, 썩어 없어져라, 오늘 밤에 지옥에나 떨어져라.

살려 두지 않을 테니까. 그래, 내 심장은 돌이 돼 버렸다.

그 심장을 때리니 내 손이 다 아프구나.

아, 이 세상에 그녀보다 더 사랑스런 여자는 없다.

황제 곁에 누워도 그에게 명령을 내릴 수 있는 여자라고.

220 **이아고** 안 됩니다, 장군님이 가실 길이 아닙니다.

오셀로 목을 매달아야 해!

난 그저 사실대로 말하는 것뿐이야.

바느질 솜씨도 좋고, 음악에도 재주가 뛰어나.

아, 그녀가 노래 부르면 사나운 곰마저 온순해질 텐데.

225 재치도 뛰어나고 창의력은 또 얼마나 풍부한가!

이아고 그러니 더 나쁘지요.

오셀로 아, 천 배, 천 배나 더 나쁘다!

그런데 성품은 얼마나 상냥한가!

이아고 네, 지나치게 상냥하지요.

230 **오셀로** 그래, 그건 분명하지. 하지만 불쌍하구나, 이아고!

아, 이아고, 불쌍하구나, 이아고!

이아고 부인이 저지른 부정이 그렇게 좋으시다면,

차라리 부인에게 부정을 저질러도 좋다는 허가증을 주시지요.

장군님만 괜찮으시다면 아무도 상관하지 않을 테니까요.

235 **오셀로** 그년을 갈기갈기 찢어 버리겠다! 간통을 하다니!

이아고 아, 나쁜 일입니다.

오셀로 더군다나 내 부하하고!

이아고 더더욱 나쁜 일이지요.

오셀로 이아고, 오늘밤 독약을 구해 와라.

240 그녀와 언쟁을 벌이지는 않을 것이다.

그녀의 육체와 아름다움에 내 결심이 무너질지 모르니까.

이아고, 오늘 밤이다.

이아고 독약은 안 됩니다. 침대에서 목을 조르십시오.

부인이 더럽힌 그 침대에서 말입니다.

245 **오셀로** 좋아, 좋아. 그 정당성이 마음에 드는군. 아주 좋아.

이아고 카시오는 제게 맡겨 주십시오.

자정까지는 결과를 보고드리겠습니다.

오셀로 아주 훌륭하군!　　　　　　　　　　*안에서 나팔 소리*

저건 무슨 나팔 소린가?

250 **이아고** 베니스에서 누가 온 모양입니다.

로도비코, 데스데모나, 수행원들 등장

로도비코 님이십니다. 공작님께서 보내신 분이군요.

보십시오. 부인도 함께 계십니다.

로도비코 훌륭하신 장군께 신의 가호가 있기를!

오셀로 진심으로 감사합니다.

255 **로도비코** 베니스의 공작님과 의원들께서 *편지를 준다*
장군께 안부를 전하십니다.

오셀로 그분들의 뜻이 담긴 문서를 받들겠습니다.

편지를 꺼내 읽는다

데스데모나 무슨 소식인가요, 로도비코 오라버니?

이아고 뵙게 되어 반갑습니다, 각하.

260 키프로스에 잘 오셨습니다.

로도비코 고맙네. 카시오 부관도 잘 있는가?

이아고 살아 계십니다, 각하.

데스데모나 오라버니, 카시오와 남편 사이가 나빠졌어요.
그렇지만 오라버니가 잘 해결해 주실 수 있을 거예요.

265 **오셀로** 정말 그렇게 생각하오?

데스데모나 네?

오셀로 "이 일을 어김없이 실행해 주시오. 귀하가—"

편지를 읽는다

로도비코 널 부른 게 아니시다. 열심히 편지를 읽고 계신걸.
장군과 카시오 사이가 벌어졌다고?

270 **데스데모나** 정말 불행한 일이에요.
두 분을 화해시키는 일이라면 뭐든 하겠어요.
전 카시오 부관을 정말 아끼거든요.

오셀로 지옥 불에나 빠져 버려라!

데스데모나 여보?

275 **오셀로** 당신 제정신이오?

데스데모나 어머, 저이가 화 나셨나요?

로도비코 아마도 편지 때문에 화가 난 모양이야.

내 생각에는, 카시오에게 통수권을 위임하고

귀국하라는 명령을 받은 것 같아.

280 **데스데모나** 정말이지, 기쁜 소식이네요.

오셀로 정말이오?

데스데모나 여보!

오셀로 당신이 미친 걸 알게 되어 나도 기쁘군.

데스데모나 어머나, 오셀로 님?

285 **오셀로** 이 악마야!　　　　　　　　　데스데모나를 때린다

데스데모나 제가 뭘 잘못했다고 이러세요.

로도비코 장군, 이런 일은 내가 직접 봤다고 맹세를 해도

베니스에서는 아무도 믿지 않을 거요. 너무하셨소.

어서 달래 주세요. 울고 있지 않습니까?

290 **오셀로** 아, 악마, 악마여!

대지가 여자의 눈물로 잉태한다면

저 여자가 흘리는 눈물은 방울마다 악어47)가 될 것이오.

내 눈앞에서 사라져!

---

47) 악어는 거짓 눈물을 흘리는 것으로 알려져 있다.

데스데모나 화가 나신다면 나가겠어요.　　　　　　*나가려 한다*

295 **로도비코** 참으로 순종적인 아내로군.

장군께 부탁이니, 부인을 다시 부르시오.

오셀로 부인!

데스데모나 여보?　　　　　　　　　　　　*돌아온다*

오셀로 저 여자한테 볼일이 있소?

300 **로도비코** 누구? 나 말이오, 장군?

오셀로 그렇소이다! 당신이 불러 달라고 하지 않았소.

이 여자는 부르면 몇 번이고 돌아오지요.

아, 몇 번이고 말입니다. 그리고 울기도 잘해요.

순종적이기도 하지요. 말씀하신 것처럼 순종적입니다.

305 아주 순종적이지요. ― 계속 눈물을 흘려 봐. ―

이 일에 대해서는 ― 아, 감정을 잘도 꾸며 대는군! ―

저보고 귀국하라는 명령이군요 ― 꺼져 버려.

곧 사람을 시켜 부를 테니 ―

명령에 따라 베니스로 돌아가겠소 ―

310 꺼지라니까, 꺼져!　　　　　　　　[데스데모나 퇴장]

카시오에게 제 자리를 넘기겠습니다.

그리고 오늘 밤 제가 모실 터이니 함께 저녁을 드시지요.

키프로스에 잘 오셨습니다.

― 염소, 원숭이 같은 것들!　　　　　　　*퇴장*

315 **로도비코** 저 사람이 바로 우리 원로원 전체가 모든 면에서

유능하다고 인정하는 바로 그 고귀한 무어인인가?

이것이 격정에도 흔들리지 않는 그의 성품이란 말인가?

우발적인 총탄이나 우연의 화살로는

그 굳건한 미덕에 상처를 입히거나 꿰뚫을 수 없다는

320 바로 그 사람이란 말인가?

이아고 장군님께서는 몹시 변하셨습니다.

로도비코 미친 건가? 제정신이 아닌가?

이아고 보신 그대로입니다.

저로서는 그분이 어떻다고 판단할 수가 없습니다.

325 만약에 그렇게 되신 것이 아니라면

진심으로 그렇게 되셨으면 합니다!

로도비코 세상에, 아내를 때려?

이아고 정말 좋지 않은 일이었습니다만,

그 손찌검 이상으로 더 나쁜 일이 없으면 좋겠습니다!

330 **로도비코** 습관적인가?

아니면 편지를 보고 흥분해서 처음으로 저지른 실수인가?

이아고 아, 아!

제가 보고 들은 것을 그대로 말씀드리는 건

도리가 아닙니다. 직접 장군님을 관찰해 보시지요.

335 그러면 그분의 행동이 그분을 말해 줄 것이므로

굳이 제가 말씀드리지 않아도 될 것입니다.

뒤를 좇아 그분의 행동을 살펴보십시오.

로도비코 유감이군, 내가 사람을 잘못 봤어.　　　모두 퇴장

4막 2장48)

장면9

오셀로와 에밀리아 등장

오셀로 그러면 아무것도 못 봤단 말이지?

에밀리아 들어 본 적도 없고, 의심해 보지도 않았어요.

오셀로 아니야, 카시오가 내 아내가 함께하는 걸 봤을 거다.

에밀리아 하지만 그때 아무 일도 없었어요.

5   그리고 두 분 사이에서 오고 가는 말을 낱낱이 들었지요.

오셀로 뭐라고, 두 사람이 속삭인 적도 없었다고?

에밀리아 없었어요, 장군님.

오셀로 널 밖으로 내보낸 적도 없고?

에밀리아 전혀요.

10 **오셀로** 부채나 장갑, 가면, 아니면

다른 것을 가져오라고 하지 않았어?

에밀리아 없었어요, 장군님.

오셀로 이상하군.

에밀리아 장군님, 감히 말씀드리지만, 아씨는 결백해요.

15   제 영혼을 걸고 맹세할게요. 행여 달리 생각하신다면,

그 생각은 버리세요. 그건 장군님 마음을 모독하는 짓이에요.

---

48) **장소** 키프로스 (요새 안).

어떤 나쁜 놈이 장군님 머릿속에 그런 의심을 넣었다면,

하늘이시여 그놈에게 뱀의 저주49)를 내리소서!

아씨가 정숙하고, 순결하고, 진실하지 않다면,

20 세상에 행복한 남자는 없습니다.

그들 아내 가운데 가장 순결한 여자라도

험담처럼 불결할 테니까요.

오셀로 아내에게 이리 오라고 전해, 어서.　　에밀리아 퇴장

말은 그럴싸하게 하지만, 뚜쟁이라면 바보가 아닌 이상

25 그 정도는 하고도 남지. 이년50)은 간사한 창녀야.

사악한 비밀의 열쇠이자 자물쇠지.

그러면서도 무릎 꿇고 기도를 하지. 그걸 난 본 적이 있어.

데스데모나, 에밀리아 등장

데스데모나 여보, 무슨 일이에요?

오셀로 이리 좀 와 봐요.

30 **데스데모나** 무슨 일이죠?

오셀로 눈 좀 봅시다. 내 얼굴을 봐요.

데스데모나 무슨 무서운 생각을 하시는 거예요?

오셀로 이봐, 네 할 일이나 해.　　　　　　에밀리아에게

---

49) 뱀은 에덴동산에서 이브를 유혹한 죄로 하느님의 저주를 받아 가장 천하고 지탄
받는 동물이 되었다.

50) 데스데모나를 가리킨다.

재미 좀 보게 그만 나가고 문을 닫아.

35   누가 오거든 기침을 하든지 "으음" 하고 소리를 내든지 해.

네 직업에 충실해. 직업 말이야. 자, 어서.   에밀리아 퇴장

데스데모나 무릎을 꿇고 말씀드리는데,   무릎을 꿇고

지금 그 말씀은 무슨 뜻이죠?

무척 화나신 줄은 알겠지만요.

40   **오셀로** 아니, 당신은 대체 누구요?

데스데모나 여보, 당신 아내잖아요.

진실하고 정숙한 당신 아내 말이에요.

오셀로 그럼, 그걸 맹세하고 스스로 저주를 받도록 해.

천사의 모습을 한 너를 악마들이 잡아가길 겁내면 안 되니까.

45   그러니 이중으로 저주를 받도록

네가 정숙하다고 맹세를 하라고.

데스데모나 하늘도 분명 알고 있어요.

오셀로 하늘이 분명 알겠지, 지옥처럼 부정한 당신 행실을.

데스데모나 누구한테 말예요, 여보? 누구하고?

50   어째서 제가 부정해요?

오셀로 아, 데스데모나! 가! 가 버려! 가 버리라고!

데스데모나 아, 정말 우울한 날이에요! 왜 우시죠?

이 눈물은 저 때문인가요, 여보?

혹시 이번에 당신을 불러들이는 게

55   제 아버지 때문이 아닐까 의심이 드시더라도

저를 책망하지는 마세요.

당신이 아버지를 잃었다면,

저 역시 그분을 잃은 것이니까요.

오셀로 하늘이 고난으로 나를 시험하는 걸 즐거워하고,

60 내 맨머리 위로 온갖 아픔과 치욕을 퍼붓는다 해도,

나를 입술까지 가난에 잠기게 하고,

나와 내 마지막 희망까지도 포로로 붙잡는다 해도,

난 내 영혼의 한구석에서 한 방울의 인내라도

찾아냈을 것이다. 하지만, 비참하구나,

65 나를 경멸의 시간을 알리는 붙박이 숫자51)로 만들어

느럼보 바늘의 손가락질이나 받으며 살아가게 하다니.

하지만 그것도 참을 수 있다. 그래, 아주 잘 참을 수 있어.

그러나 내 마음을 소중하게 간직해 둔 그곳,

나의 생사가 달려 있는 그곳,

70 내 생명의 물줄기를 흐르게 하거나, 마르게 하는 원천,

바로 그곳에서 버림을 받다니!

그곳을 더러운 두꺼비들이 엉겨 붙어 알을 까는

웅덩이로 만들어 버리다니!

그대 장밋빛 입술의 어린 천사, 인내심이여,

75 그곳에서 너의 얼굴색을 바꾸어라!

그래, 그곳에서 지옥같이 소름끼치는 표정을 지어라!

데스데모나 당신은 저의 결백을 믿어 주시겠죠.

---

51) 자신의 처지를 시계 바늘이 가리키는 숫자에 비유했다.

오셀로 아, 그래, 낳자마자 바로 알을 까는
도살장의 여름철 파리처럼 정숙하지.

80 아, 독초 같은 년,
너무나 사랑스럽고 아름답고, 달콤한 향기를 풍겨
너를 보면 감각이 마비된다.
넌 차라리 태어나지 않았으면 좋았을 것을!

데스데모나 아, 저도 모르는 어떤 죄를 제가 저질렀나요?

85 **오셀로** 이 하얀 종이, 이 훌륭한 책은 그 위에
"창녀"라고 쓰려고 만들어졌나? 무슨 죄를 저질렀냐고?
무슨 죄냐고? 아, 너 뭇사람들의 창녀야,
네가 한 짓을 입에 올려도 내 두 뺨이 용광로처럼 달아올라
수치심도 다 타 버리고 재가 되어 버린다.

90 무슨 죄를 저질렀냐고?
하늘은 코를 틀어막고, 달님은 눈을 감아 버린다.
만나는 모든 것에 입 맞추는 음탕한 바람도
대지의 텅 빈 동굴 속에 숨어
그 얘기를 들으려 하지 않을 것이다.

95 무슨 죄를 저질렀냐고?

데스데모나 맹세코, 제게 잘못하고 계세요.

오셀로 그럼 매춘부가 아니라고?

데스데모나 예. 전 기독교인이에요.
남편을 위해

100 다른 남자의 더럽고 부정한 손길이 닿지 않도록

이 몸을 보전하는 것이 창녀가 아니라면,

전 아니에요.

오셀로 뭐, 창녀가 아니라고?

데스데모나 예, 전 구원을 받을 거예요!

105 **오셀로** 그럴 리가 있나?

데스데모나 아, 하나님 용서하소서!

오셀로 그럼 당신에게 용서를 구해야겠군.

난 당신이 오셀로와 결혼한

베니스의 간교한 창녀인 줄 알았어.— 이봐, 너,   부른다

에밀리아 등장

110 성 베드로와는 정반대로 일하면서

지옥문을 지키는 뚜쟁이! 너, 너, 그래 너 말이야!

우리 볼일은 끝났다. 여기 수고비다.   돈을 준다

부디, 열쇠를 돌리고 우리 일은 비밀로 해다오.   퇴장

에밀리아 *어머, 저분이 무슨 생각을 하시는 거죠?*

115 아씨, 괜찮으세요? 괜찮으세요, 아씨?

데스데모나 정말이지, 넋이 나간 것 같아.

에밀리아 아씨, 주인님께서 왜 그러실까요?

데스데모나 누구?

에밀리아 어머, 저의 주인님요.

120 **데스데모나** 너의 주인님이라니?

에밀리아 아씨의 남편 말씀이에요, 아씨.

데스데모나 내게 그런 사람은 없어. 아무 말도 마, 에밀리아.

울 수도 없고, 대답할 말도 없어.

그저 눈물만 쏟아질 것 같아. 부탁인데 오늘 밤에는

125 결혼식 때 쓴 침대보를 깔아 줘, 잊지 말고.

그리고 네 남편을 불러 줘.

에밀리아 정말 변하셨어! _퇴장_

데스데모나 내가 이런 꼴을 당하는 것도 당연해.

아주 당연해.

130 내가 어떻게 했기에, 아주 조그만 실수에도

그렇게 꼬치꼬치 꾸짖으시는 걸까?

이아고와 에밀리아 등장

이아고 부르셨습니까, 부인?

무슨 일이시죠?

데스데모나 말할 수가 없어요.

135 어린아이를 가르치는 사람들은

부드러운 방법으로 간단한 것부터 가르치죠.

그분도 날 그렇게 꾸짖을 수 있었는데, 정말이지,

나는 꾸중을 듣는 데는 어린아이와 다름없으니까요.

이아고 부인, 무슨 일이신가요?

140 **에밀리아** 아아, 여보, 장군님께서

아씨를 창녀라 여러 번 부르면서,

진실한 사람은 참을 수 없는 그런 모욕적이고 심한 말을

아씨께 퍼부었어요.

데스데모나 제가 그런 여자인가요, 이아고?

145 　**이아고** 어떤 여자 말씀입니까?

데스데모나 에밀리아 말대로

남편이 나를 가리켜 말한 그런 여자 말예요.

에밀리아 창녀라고 그러셨어요. 술 취한 거지도

바람둥이 마누라한테 그런 지독한 말은 못할 거예요.

150 　**이아고** 왜 그러셨을까요?

데스데모나 몰라요. 난 결코 그런 여자가 아니에요. 　　운다

이아고 울지 마십시오, 울지 마세요. 아아, 이걸 어쩌나!

에밀리아 아씨는 그렇게 많은 명문의 혼처도,

아버지도, 나라도, 친구들까지도 다 버리셨는데,

155 　창녀라는 말을 듣다니? 누군들 눈물이 나지 않겠어요?

데스데모나 이건 기구한 내 운명 탓이야.

이아고 장군님께서 잘못하셨네요!

어떻게 그런 몹쓸 생각을 하셨을까요?

데스데모나 글쎄, 하늘만이 아시겠죠.

160 　**에밀리아** 제 목을 걸고 장담컨대, 어떤 구제불능의 악당,

간사하고 참견하기 좋아하는 사기꾼이,

속이고 사기 잘 치는 천한 놈이 한자리 얻으려고

중상모략을 꾸며 댄 게 틀림없어요.

아니면 제 목을 매달아도 좋아요.

165 **이아고** 쳇, 그런 놈이 어디 있어. 말도 안 되는 소리야.

데스데모나 만약 그런 사람이 있다면, 하늘이여 용서하소서!

에밀리아 목을 매달아 용서받고

지옥에서 뼈를 갈아 먹힐 놈!

감히 아씨보고 창녀라고? 누구를 상대했다는 거예요?

170 어디서? 언제? 어떻게 뭘 했다는 거냐고요?

이게 될 법이나 한 소린가요?

장군님께서 어떤 지독한 불한당에게,

어떤 천하고 악명 높은 악당에게,

어떤 야비한 놈에게 속으신 거예요.

175 아, 하나님, 그런 놈들의 정체를 밝혀 주시고,

정직한 사람들마다 손에 채찍을 들려서

이 세상의 동쪽 끝에서 서쪽 끝까지

그 악당들을 발가벗겨 채찍질하게 해 주소서!

이아고 목소리 좀 낮춰.

180 **에밀리아** 아, 나쁜 놈들! 당신의 분별력을 뒤집어 놓아서,

나하고 장군님 사이를 의심하게 만든 것도

틀림없이 그런 놈일 거예요.

이아고 바보 같으니, 그만 해.

데스데모나 아아, 이아고,

185 남편의 마음을 되돌리려면 어떻게 해야 하죠?

훌륭한 친구, 그분에게 가 줘요.

이 햇살에 맹세코, 어떻게 그분을 잃었는지 모르겠어요.

여기 무릎을 꿇고 맹세합니다.   **무릎을 꿇는다**

상상으로나 실제 행동으로 단 한 번이라도

190 제 의지가 그분의 사랑을 배반한 일이 있다면,

또는 제 눈이나 귀, 또는 어떤 감각이

다른 사람에게서 즐거움을 얻은 적이 있다면,

그리고 제가 지금도, 과거에도, 또 앞으로도—

설사 버림받아 비참하게 이혼당한다 하더라도—

195 그분을 진심으로 사랑하지 않는다면,

제게서 모든 즐거움을 거두어 가도 좋아요!

매정함은 큰 상처를 줘요.

그분의 매정함은 내 생명까지 앗아갈 수 있겠지만,

내 사랑은 더럽히진 못해요.

200 저는 '창녀'라는 말을 입에 담을 수가 없어요.

지금 그 말을 한 것만으로도 소름이 끼쳐요.

세상의 온갖 영화를 준다 해도

그런 이름을 얻게 될 행동을 하지는 않을 거예요.

이아고 부디 고정하세요.

205 아마 나랏일로 기분이 언짢아서 그러신 모양이에요.

데스데모나 그렇다면 얼마나 좋겠어요.

이아고 그뿐입니다. 제가 보증하지요.   *안에서 나팔 소리*

들어 보세요, 저녁 식사를 알리는 소리예요!

베니스에서 온 사절들이 식사를 기다립니다.

210   들어가세요, 그리고 울지 마세요. 모두 잘될 겁니다.

　　　　　　　　　　　데스데모나와 에밀리아 퇴장

로도리고 등장

로도리고, 어쩐 일이에요?

로도리고 자넨 날 제대로 대접해 주지 않는 것 같아.

이아고 뭘 말인가요?

로도리고 매일 무슨 핑계를 대서 날 피하고 있잖나, 이아고.

215   그리고 내게 조금이라도 희망을 주기는커녕

모든 기회를 막고 있는 것처럼 보여.

나도 정말 더 이상 참지 않겠어.

그리고 여태까지 바보처럼 당한 일들을

조용히 입 다물고 있지도 않을 거야.

220   **이아고** 로도리고, 내 말 좀 들어 봐요.

로도리고 그동안 너무 많이 들었어. 자넨 말과 행동이

전혀 다르단 말이야.

이아고 정말 억울하네요.

로도리고 사실이 그래. 이제 난 빈털터리가 됐어.

225   데스데모나한테 준다고 자네가 가져간 보석들이면

아무리 경건한 수녀라도 반쯤은 타락시켰을 거야.

자네는 데스데모나가 그 보석들을 받았으니

곧바로 호의와 친밀감을 표시해 올 거라고

내게 기대감과 희망을 갖게 했지만, 아무것도 없었어.

230 **이아고** 좋습니다. 알았어요. 아주 좋다고요.

로도리고 좋다니? 알았다고? 알긴 뭘 알아.

도대체 뭐가 좋다는 건가? 정말 치사하다는 생각이 들어.

게다가 내가 속았다는 사실을 깨닫기 시작했어.

이아고 아주 좋아요.

235 **로도리고** 좋을 게 없다고 말했잖아.

내가 직접 데스데모나에게 얘기하겠어.

그녀가 보석들을 돌려준다면, 난 그만 포기하고

부정하게 그녀에게 구애한 걸 뉘우칠 걸세.

만일 그녀가 보석들을 돌려주지 않는다면,

240 자네에게 변상토록 할 테니 분명히 알아 두라고.

이아고 얘기 다 하셨나요?

로도리고 그래, 내가 분명히 행동으로 옮길 의사가

있다는 것을 말했을 뿐이야.

이아고 저런, 이제야 당신에게도 배짱이 있다는 걸

245 알겠군요. 지금 이 순간부터 당신을 다시 보겠어요.

로도리고, 자, 악수합시다.

당신은 내게 아주 정당하게 반론을 제기했습니다.

하지만 분명히 말씀드리는데,

나는 당신 문제를 매우 공정하게 처리했습니다.

250 **로도리고** 그렇게 보이지 않았어.

이아고 그렇게 보이지 않았다는 건, 사실 나도 인정합니다.

그러니 당신이 의심하는 것도 무리가 아닙니다.

하지만 로도리고, 당신에게 있다고 내가 그 어느 때보다

확신하는ㅡ 결의와 용기, 남자다움 말입니다.

255 그것이 정말 당신에게 있다면 오늘밤 그걸 보여 줘요.

만일 당신이 내일 데스데모나와 함께

즐거운 밤을 보내지 못한다면,

나를 배신해 내 목숨을 빼앗을 계략을 꾸며서

이 세상에서 없애 버려요.

260 **로도리고** 그래, 그게 뭐야?

이치에 맞고 내가 할 수 있는 일인가?

이아고 보세요, 베니스에서 특명이 왔는데,

오셀로 자리에 카시오를 앉히라는 거예요.

로도리고 정말인가? 아니 그럼, 오셀로와 데스데모나는

265 베니스로 돌아가겠군.

이아고 아, 아니지요. 그는 모리타니아로 갑니다.

아름다운 데스데모나와 함께요.

만약 무슨 일이 터져서

그가 여기 더 체류해야 할 이유가 없다면 말이지요.

270 오셀로를 붙잡아 두려면

카시오를 없애 버리는 것만큼

결정적인 이유는 없지요.

로도리고 없애 버리다니, 무슨 뜻인가?

이아고 그야, 그자가 오셀로의 후임에

275 오르지 못하게 한다는 말이지요.

그놈의 머리통을 부숴 버리는 겁니다.

로도리고 그래, 나보고 그 짓을 하란 말인가?

이아고 그렇지요. 당신에게 이롭고 정당한 일을 하겠다면요.

그자는 오늘 밤 어떤 창녀와 식사를 합니다.

280 그 자리에 나도 갈 겁니다.

그자는 아직 자신의 행운을 모르고 있지요.

그자가 그곳을 떠나는 것을 지켜보고 있다가 ―

그 시간을 자정에서 한 시 사이가 되도록 꾸밀 테니 ―

마음대로 해치우란 말입니다.

285 나도 근처에 있다가 당신을 거들지요.

그러면 놈은 우리 앞에 쓰러질 겁니다.

자, 놀라서 서 있지만 말고 나와 함께 갑시다.

그자가 죽어야만 하는 이유를 알려 줄 테니.

그러면 당신도 그자를 죽일 수밖에 없다는 것을 알게 되겠죠.

290 지금 한창 저녁 식사를 하고 있을 것입니다.

밤이 헛되이 지나가고 있으니, 어서 시작합시다.

로도리고 이유를 좀 더 들어 보고 싶네.

이아고 충분히 설명해 주지요.   모두 퇴장

4막 3장

장면 9 계속

오셀로, 로도비코, 데스데모나, 에밀리아, 수행원들 등장

로도비코 장군, 제발 더 이상 신경 쓰지 마십시오.

오셀로 별말씀을요. 저는 걷는 게 좋습니다.

로도비코 부인, 그럼 안녕히. 정말 고맙소.

데스데모나 천만의 말씀을요.

5 **오셀로** 좀 걸을까요? — 아, 데스데모나!

데스데모나 네, 여보?

오셀로 바로 잠자리에 드시오. 금방 돌아올 거요.

시녀도 물리시오. 꼭 그렇게 하시오.

모두 퇴장[오셀로, 로도비코, 수행원들]

데스데모나 알겠어요.

10 **에밀리아** 지금은 좀 어떠세요?

장군님께서 아까보다는 풀리신 것 같아요.

데스데모나 바로 돌아오신다고 하셨어.

나보고 자라고 명령하셨고,

에밀리아도 보내라고 하셨어.

15 **에밀리아** 절 보내라고요?

데스데모나 그분 명령이었어. 그러니, 착한 에밀리아,

내 잠옷 좀 가져다주고 나가 봐.

이제 그분의 비위를 거스르면 안 돼.

에밀리아 아씨는 장군님을 만나지 않았더라면 좋았을 텐데.

20 **데스데모나** 난 그렇게 생각하지 않아.

그분을 너무나 사랑하니까

그분이 무뚝뚝하고, 야단을 치고, 얼굴을 찡그려도 —

이 핀 좀 빼줘 — 품위와 매력이 있어 보이거든.

에밀리아 말씀하신 대로 그 침대보를 깔아 놓았어요.

25 **데스데모나** 상관없어 —

신이시여, 우리 인간의 마음이란 얼마나 어리석은가요! —

에밀리아, 혹시 내가 먼저 죽으면

부디 저 침대보로 내 수의를 해 줘!

에밀리아 저런, 저런, 그게 무슨 말씀이세요.

30 **데스데모나** 어머니한테는 바바리라는 하녀가 있었어.

그 애가 사랑에 빠졌는데,

사랑하는 남자가 미쳐서 그 애를 버렸어.

바바리는 '버들'이라는 노래를 알고 있었어.

오래된 노래였지만 그 애의 운명을 노래한 것 같았어.

35 바바리는 그 노래를 부르며 죽었거든.

그 노래가 오늘밤 내 머릿속에서 떠나질 않아.

내가 할 수 있는 일이란 머리를 한쪽으로 기울이고

불쌍한 바바리와 똑같이 노래를 부르는 것밖에 없어.

어서 서둘러.

40 **에밀리아** 잠옷을 가져올까요?

데스데모나 아니, 여기 핀 좀 뽑아 줘. 로도비코 님은

참 훌륭한 분이셔!

에밀리아 참 잘생기셨어요.

데스데모나 말씀도 잘하서.

45 **에밀리아** 베니스의 어떤 여자는

그분의 아랫입술에 입을 맞출 수 있다면

팔레스타인까지라도 맨발로 쫓아가겠다고 했대요.

데스데모나 가엾은 처녀는 무화과나무 옆에 앉아 노래하네.

"모두가 푸른 버들을 노래하네.　　　　　**노래한다**

50 손은 가슴에, 머리는 무릎에 얹고,

버들아, 버들아, 버들아, 노래하네.

맑은 시냇물도 처녀 곁을 흐르며,

그녀의 슬픔을 속삭이네.

버들아, 버들아, 버들아, 노래하네.

55 처녀의 짠 눈물이 떨어져 바위를 녹였네.

버들아 노래하네 — "

이것들 좀 치워 줘 —　　　　　　　　**에밀리아에게**

"버들아, 버들아 — "　　　　　　　　**노래한다**

어서 가 봐. 장군님께서 곧 오실 거야 —

60 "푸른 버들잎은 모두　　　　　　　　**노래한다**

나의 화환이라고 노래하네.

그분을 비난하지 마세요.

그분이 멸시해도 나는 괜찮아 — "

아니야, 그건 다음 가사가 아닌걸.

65   쉿! 누가 문을 두드리잖아?

에밀리아 바람이에요.

데스데모나 내 사랑을 거짓 사랑이라 불렀지요,

그런데 그이가 그때 뭐라고 말했을까요?

            "버들아, 버들아, 버들아, 노래하네.   **노래한다**

70   내가 구애하는 여자가 늘어나면,

            네가 동침하는 남자도 늘어날 거야! —"

자, 어서 가, 잘 자. 눈이 가려워.

눈물 흘릴 일이 생기려는 걸까?

에밀리아 아무 상관없는 일이에요.

75   **데스데모나** 난 그렇다고 들었어. 아, 남자들, 남자들이란!

정말로 그렇게 생각해? — 에밀리아, 말해 줘 —

세상에는 그렇게 추잡한 짓을 하면서

남편을 속이는 여자들이 있다고?

에밀리아 그런 여자들이 있어요. 물론.

80   **데스데모나** 온 세상을 다 준다면

에밀리아도 그런 짓을 할 거야?

에밀리아 그럼, 아씨는 안 하겠어요?

데스데모나 안 해. 저 달님에게 맹세해!

에밀리아 저도 달님이 보는 데서는 안 해요.

85   어두운 곳에서야 모르지만요.

데스데모나 온 세상을 다 주면 그런 짓을 할 거야?

에밀리아 세상은 정말 크잖아요.

작은 죄의 대가로는 너무나 큰걸요.

데스데모나 정말로, 에밀리아는 그런 짓을 안 할 거야.

90 **에밀리아** 정말로, 전 그렇게 할 거라고 생각해요.

일을 저지르고 나서 없던 일로 하면 되죠.

물론, 쌍가락지 하나, 아마포 몇 필, 잠옷이나 속치마,

모자나 다른 작은 선물 따위로는

그런 짓을 하지는 않을 거예요.

95 하지만 온 세상을 다 준다면야,

남편을 제왕으로 만들어 줄 수 있는데,

몰래 바람피우지 않을 여자가 있겠어요?

온 세상을 준다면 지옥에라도 가겠어요.

데스데모나 온 세상을 다 준다고 해서 그런 짓을 한다면,

100 내게 저주를 내리소서.

에밀리아 뭐, 나쁜 짓이라 해도 세상 안에서 나쁜 짓이에요.

그리고 수고의 대가로 온 세상을 갖게 된다면

내 세상에서 나쁜 짓이니 곧바로 바로 잡으면 그만이죠.

데스데모나 그런 여자는 없을 거야.

105 **에밀리아** 아니에요, 얼마든지 있어요.

그것도, 그들이 즐기고 얻은 세상을 가득 채울 정도로 많아요.

하지만 아내가 잘못을 한다면,

그건 남편 잘못이라고 생각해요.

예를 들면 남편이 자기 구실도 제대로 못하면서

110 우리 보물을 다른 계집 무릎에 쏟아 붓거나

아니면 질투에 사로잡혀 짜증을 터뜨리고

우리를 구속하거나 때린다든지,

악의로 용돈을 줄이거나 하는 것이지요.

아니, 우리도 화내지 말란 법이 없지 않겠어요.

115 자비심도 있지만 복수심도 있다고요.

남편들은 아내들이

자기들과 같은 감각을 갖고 있다는 걸 알아야 해요.

아내들도 보고 냄새 맡고,

남편들처럼 단맛, 신맛 모두 볼 줄 알거든요.

120 왜 남자들은 다른 여자들에게 가는지 모르겠어요.

재미를 보려고요?

그럴지도 몰라요.

욕정 때문일까요?

그럴지도 모르죠.

125 의지가 약해서 그렇게 실수하는 걸까요?

그것도 그럴지도 모르고요.

그렇다면 여자들이라고 욕정이 없나요?

재미 보고 싶지 않을까요?

남자만큼 의지가 약하지 않다는 말인가요?

130 그러니 남자들은 우리에게 잘해야죠.

그렇지 않으면 알려 줘야 해요. 아내들의 잘못은

남자들의 잘못을 따라 배웠기 때문이라는 사실을.

데스데모나 안녕. 잘 자.

하늘이시여, 다른 이의 나쁜 행동을 따라하지 않고

135 거기에서 스스로 바로잡을 수 있는 지혜를 배우게 하소서.

모두 **퇴장**

제5막

5막 1장⁵²⁾

장면 10

이아고와 로도리고 등장

이아고 여기, 이 벽 뒤에 서 있어요. 그자가 곧 올 겁니다.
칼을 빼 들고 있다가 힘껏 찔러야 해요.
어서, 어서요! 겁낼 것 없어요. 내가 바로 옆에 있을 테니까.
이 일에 우리의 흥망이 달렸어요. 명심하고,

5   각오를 아주 단단히 해요.

로도리고 가까이 있어 주게. 실수할지도 모르니까.

이아고 여기 가까이 있어요.   몸을 숨긴다
용기를 내서 준비해요.

로도리고 썩 내키는 일은 아니야.

10   하지만 저 친구 말도 그럴듯하거든.
사람 하나 없어지는 것뿐인데.
자, 칼을 빼자! 놈은 이제 죽었다.   칼을 뺀다

이아고 이 갓 돋아난 뾰루지 같은 놈을 곪아 터질 지경으로
문질러 놓았더니 잔뜩 성이 났군. 놈이 카시오를 죽이든,

15   카시오가 놈을 죽이든, 아니면 싸우다 두 놈이 다 죽든,
내게는 모두 이득이다. 로도리고가 살아남으면,

---

52) **장소** 키프로스 (거리).

놈은 내가 데스데모나에게 선물로 준다고 우려낸

엄청난 금과 보석들을 돌려 달라고 하겠지.

그건 안 될 말이다. 하지만 카시오가 살아남으면,

20   놈은 하는 일마다 모두 훌륭하니 날 초라하게 만들 것이다.

게다가 무어인은 내가 한 말을 놈에게 털어놓을지도 몰라.

그럼 내가 매우 곤란해진다.

안 돼, 놈은 죽어야 해. 그래야만 해.

놈이 오는 소리가 들린다.

카시오 등장

25   **로도리고** 놈의 걸음걸이를 알지. 그놈이다. —

악당 놈아, 죽어라!   *칼로 찌른다*

카시오 날 찌르는 걸 보니 분명 적이구나.

하지만 내 외투는 네가 생각하는 것보다 튼튼하지.

어디 네놈 옷은 어떤가 보자.

                    칼을 빼서 로도리고에게 상처를 입힌다

30   **로도리고** 아, 나 죽는다!

        로도리고 쓰러지고 이아고가 나와 카시오의 다리를 찌른다

                    [이아고 퇴장]

카시오 이제 영원히 불구가 되었다.   *쓰러진다*

여기요, 살려주시오. 살인이야, 살인!

오셀로 등장

오셀로 카시오 목소리다. 이아고가 약속을 지켰다.

로도리고 아, 내가 나쁜 놈이다!

35 **오셀로** 맞는 말이야.

카시오 아, 사람 살려요, 여기요! 불을 켜요! 의사를 불러요!

오셀로 그놈이다. 용감한 이아고, 충직하고 정의롭구나.

친구의 불행을 그렇게까지 생각해 주다니!

네가 날 가르치는구나. ― 매춘부야, 네 서방은 죽었다.

40 네년의 저주받은 운명도 곧 끝장이다. 매춘부야, 내가 간다.

너의 매력과, 두 눈은 내 가슴에서 지워졌다.

욕정에 얼룩진 네 침대를 욕정의 피로 물들여 주마.

오셀로 퇴장

로도비코, 그라시아노 등장

카시오 여기요! 보초 없소? 누구 없어요? 살인이야, 살인!

그라시아노 무슨 불상사가 생겼나 보군. 끔찍한 비명소리야.

45 **카시오** 아, 사람 살려!

로도비코 들어 보세요!

로도리고 아, 내가 나쁜 놈이야!

로도비코 신음 소리가 두셋은 되는 것 같아.

음침한 밤이야.

50   이건 속임수일지도 몰라요. 사람들이 더 오기 전에는

비명 소리가 나는 곳으로 가지 않는 게 안전할 것 같습니다.

로도리고 아무도 오는군. 그럼 난 피 흘리다 죽겠구나.

이아고 등장   횃불과 무기를 들고

로도비코 들어 보세요!

그라시아노 누가 내의 바람에 횃불과 무기를 들고 오는군.

55   **이아고** 거기 누구요? 살인이라고 외치는 자가 누구요?

로도비코 우리는 모른다.

이아고 고함 소릴 듣지 못했나요?

카시오 여기요, 여기! 제발 좀 살려 줘요!

이아고 무슨 일입니까?   로도비코에게

60   **그라시아노** 오셀로 장군의 기수가 아닌가.

로도비코 그렇군요. 아주 용감한 친구입니다.   그라시아노에게

이아고 누가 이렇게 시끄럽게 소리를 지르는 거야?

카시오 이아곤가? 아, 크게 다쳤네. 악당놈들에게 당했어!

나 좀 도와주게.

65   **이아고** 이런, 부관님 아니십니까!

어떤 놈들이 이렇게 했습니까?

카시오 한 놈은 근처에 있을 거네.

미처 달아나지 못했을 거야.

이아고 아, 비열한 놈들! ―   로도비코와 그라시아노에게

70 거기 당신들은 누구요? 이리 와서 좀 도와주시오.

로도리고 아, 여기 사람 살려요!

카시오 저놈도 한패야.

이아고 아, 살인마! 죽일 놈!　　　　　　　　*로도리고를 찌른다*

로도리고 아, 저주받을 이아고 놈! 아, 냉혹한 개자식!

75 **이아고** 어둠 속에서 사람들을 죽여? ―

이 잔악한 도적놈들은 어디 있지? ―

시내는 어찌 이리 고요한가! ― 여기요! 살인이야, 살인! ―

당신들은 누구요? 선인이오, 악당이오?

　　　　　　　　　　　　　　　로도비코와 그라시아노에게

로도비코 누군지 알 테니 보시오.

80 **이아고** 로도비코 님이 아니십니까?

로도비코 그렇소.

이아고 제발 도와주십시오.

카시오 부관이 괴한들에게 상처를 입었습니다.

그라시아노 카시오가?

85 **이아고** 어떻습니까, 부관님?　　　　　　　　*카시오에게*

카시오 다리가 두 동강났네.

이아고 이런, 맙소사! 횃불 좀 들어 주십시오.

어르신들, 제 셔츠로 동여매겠습니다.

비앙카 등장

비앙카 이보세요, 무슨 일이에요? 소리친 사람이 누구죠?

90 **이아고** 소리친 사람이 누구냐고?

비앙카 아, 내 사랑 카시오! 내 사랑! 아, 카시오,

카시오, 카시오!

이아고 아, 그 유명한 창녀로군! 카시오 부관님,

누가 이렇게 중상을 입혔는지 짐작이 가십니까?

95 **카시오** 아니.

그라시아노 이런 모습을 보게 되다니 유감이오.

당신을 찾고 있었소.

이아고 양말대님 좀 빌려 주십시오. 그렇게.—

아, 들것이 있으면

100 부관님을 쉽게 옮길 수 있을 텐데.

비앙카 어머나, 기절했어요! 아, 카시오, 카시오, 카시오.

이아고 여러분, 제 생각엔 이 쓰레기 같은 여자가

이렇게 상처를 입힌 일당과 한패인 것 같습니다.—

잠시만 참으세요, 카시오 부관님.— 자, 자,

105 횃불을 좀 빌려 주십시오.　　　　　　　로도리고 얼굴에 불을 비춘다

우리가 아는 얼굴인가요, 어떤가요?

아니, 내 친구, 내 고향 사람 로도리고 아닌가?

설마? 맞다, 틀림없어. 그래, 로도리고야!

그라시아노 뭐, 베니스의 로도리고?

110 **이아고** 바로 그 사람입니다. 그를 아십니까?

그라시아노 그를 아냐고? 당연하지.

이아고 그라시아노 어르신? 너그러이 용서해 주십시오.

이 잔인한 사건 때문에 어르신을 알아 뵙지 못하는

무례를 저질렀습니다.

115   **그라시아노** 만나서 반갑네.

이아고 카시오 부관님, 어떠세요? 아, 들것, 들것을 가져와!

그라시아노 로도리고인가?

이아고 네, 맞습니다. 그잡니다. ㅡ

아, 잘됐군. 들것이다!   *수행원들이 들것을 가져온다*

120   누가 좀 이 사람을 조심해서 데려가 주시오.

난 장군님의 의사를 데려올 테니까. ㅡ

그리고 아가씨, 당신은 빠져 주시오. ㅡ   *비앙카에게*

카시오 부관님, 여기 누워 죽은 사람은 내 친구입니다.

두 사람 사이에 무슨 원한이 있었습니까?

125   **카시오** 전혀 없었네. 게다가 난 모르는 사람이야.

이아고 얼굴이 백지장 같군? ㅡ

아, 부관님을 안으로 모셔가시오.   *비앙카에게*

여러분은 잠시 기다려 주세요. ㅡ

얼굴이 창백하군, 아가씨? ㅡ

                       수행원들이 카시오와 로도리고를 데리고 나간다

130   저 여자의 겁먹은 눈동자가 보이시나요?

아니, 그렇게 노려봤자 곧 실토하게 될걸. ㅡ

저 계집을 잘 보세요. 제발 잘 살펴보세요.

여러분 아시겠습니까? 네, 혓바닥이 굳었더라도

죄진 마음은 저절로 드러나게 마련입니다.

[에밀리아 등장]

135 **에밀리아** 어머, 무슨 일이에요? 무슨 일이에요, 여보?

이아고 카시오 부관님이 여기 캄캄한 곳에서

로도리고와 달아난 패거리한테 당했어.

부관님은 중상이고, 로도리고는 죽었어.

에밀리아 어머나, 그 착하신 분이! 가여워라 착한 카시오 님!

140 **이아고** 이게 다 계집질 탓이지. 에밀리아, 부관님이

오늘 밤 어디서 식사를 했는지 알아보고 와. —

뭐야, 그 말에 떠는 거야?   *비앙카에게*

비앙카 우리 집에서 식사하셨어요.

하지만 그것 때문에 떠는 건 아니에요.

145 **이아고** 아, 그랬다고? 명령이다, 함께 가자.

에밀리아 쳇, 이 저주받을 화냥년!

비앙카 난 화냥년이 아니야.

그렇게 욕하는 당신만큼이나 정숙하게 살고 있다고.

에밀리아 나처럼? 쳇! 저주받을 년!

150 **이아고** 여러분, 카시오 님이 치료받는 걸 보러 갑시다. —

자, 아가씨, 털어놓아야 할 게 또 있어.

에밀리아, 당신은 성으로 달려가서

장군님과 부인께 이 일을 말씀드려. —

그럼 가실까요? ─ 오늘 밤, 내가   방백

155   성공하느냐 실패하느냐 결판이 나겠구나.   모두 퇴장

5막 2장[53)
장면 11

오셀로 등장, 데스데모나는 침대에서 자고 있다

오셀로가 촛불을 들고 있다

오셀로 그것 때문이다, 그것 때문이다, 내 영혼이여!

순결한 별들아, 네게 말하지 않게 해 다오.

그것 때문이다. 하지만 피 흘리게 하거나,

눈보다 희고 대리석보다 매끄러운 살결에

5   상처를 내지는 않으리라. 그러나 죽어야 한다.

살려 두면 다른 남자들을 배신할 테니,

우선 이 불을 끄고, 저 생명의 불도 끄자.

타오르는 촛불이여, 너는 꺼지더라도,

내가 뉘우치면 너의 옛 빛을 되살릴 수 있다.

10   그러나 위대한 자연의 가장 교묘한 걸작품인 너,

너의 빛을 꺼버린다면,

---

53) **장소** 키프로스 (요새와 총독의 침실).

제5막 **185**

너의 빛을 다시 켤 수 있는 프로메테우스의 불이
어디 있는지 나는 모른다.
장미를 꺾으면, 다시는 살아 자라나게 할 수는 없으니
15   시들 수밖에 없지. 가지에 있을 때 향기를 맡아보자.

그녀에게 키스한다

아, 향기로운 숨결, 정의의 여신마저
칼을 부러뜨리게 만들 향기로구나! 한 번만 더, 한 번만 더.
죽어서도 이대로 있어 다오. 그러면 너를 죽이고 영원히
너를 사랑하리라. 한 번만 더, 이게 끝이다.

그녀에게 키스한다

20   이처럼 달콤한 것이 그토록 치명적이라니.
눈물을 참을 수 없다.
하지만 이것은 잔인한 눈물이다. 하늘의 슬픔이다.
사랑하기 때문에 벌을 주어야 한다. 그녀가 깨어나는구나.
데스데모나 누구세요? 오셀로 당신인가요?
25   **오셀로** 그렇소, 데스데모나.
데스데모나 여보, 잠자리에 드시겠어요?
오셀로 데스데모나, 저녁 기도는 드렸소?
데스데모나 그럼요, 여보.
오셀로 아직 하늘의 자비를 구하지 못한
30   죄가 있다고 생각하거든
지금 바로 용서를 비시오.
데스데모나 아아, 여보, 그게 무슨 말씀이세요?

오셀로 자, 어서. 짧게 하시오. 잠시 저쪽에 있겠소.

준비가 안 된 당신의 영혼을 죽일 수는 없어.

35 안 돼, 그럴 순 없지! 당신의 영혼마저 죽이고 싶지는 않소.

데스데모나 절 죽인다고 하셨어요?

오셀로 그렇소.

데스데모나 그렇다면, 하나님, 제게 자비를 베푸소서!

오셀로 아멘. 나도 진심으로 빌겠소!

40 **데스데모나** 그렇게 말씀하신다면, 절 죽이시진 않겠죠.

오셀로 흠!

데스데모나 그래도 당신이 두려워요.

눈을 그렇게 굴릴 때면 무서워지니까요.

왜 두려운 건지는 저도 모르겠어요.

45 나쁜 짓도 안 했는데 어쩐지 두려워요.

오셀로 당신이 저지른 죄를 생각해 봐.

데스데모나 당신을 사랑하는 것뿐이에요.

오셀로 그래, 그러면 그 때문에 죽는 거야.

데스데모나 사랑 때문에 죽이다니 그런 죽음은 부당해요.

50 아아, 왜 그렇게 아랫입술을 깨무세요?

어떤 잔인한 격정 때문에 온몸을 떨고 계시는 거죠?

그런 예감이 들어요. 하지만 설마, 설마

제게 그러시진 않을 테죠?

오셀로 조용히, 가만히 있어!

55 **데스데모나** 그럴게요. 그런데 대체 왜 그러세요?

오셀로 내가 그렇게 소중히 여기던 손수건을

당신은 카시오에게 줘 버렸어.

데스데모나 아니에요. 제 목숨과 영혼을 걸겠어요!

그분을 불러다 물어보세요.

60 **오셀로** 가증스러운 것. 조심해, 위증죄를 지어서는 안 되지.

당신은 죽음의 침상에 있는 거야.

데스데모나 그래요, 하지만 아직은 죽지 않았어요.

오셀로 곧, 곧 죽게 될 거야.

그러니 당신 죄를 솔직히 고백해.

65 하나하나 맹세를 하며 부인한다 해도

나를 괴롭히는 그 강한 믿음을 없앨 수도 막을 수도 없어.

당신은 죽어야 해.

데스데모나 아, 하나님, 제게 자비를 베푸소서!

오셀로 나도 그렇게 빌지.

70 **데스데모나** 그럼 당신도 제게 자비를 베풀어 주세요.

살면서 단 한 번도 당신에게 죄를 진 적이 없어요.

결코 카시오를 사랑하지도 않았어요.

단지 하늘이 모두에게 허락하는 그런 정도로

그분에게 호의를 보였을 뿐이에요. 정표를 준 일도 없어요.

75 **오셀로** 하늘에 맹세코, 그가 내 손수건을 들고 있는 걸 봤어.

아, 위증하는 여자여, 내 마음을 돌로 만들어,

내가 하려는 일을 살인이라 부르게 만드는구나.

난 그것을 희생이라 생각했건만.

내가 그 손수건을 봤다고.

80 **데스데모나** 그럼 어디서 주웠겠죠.

전 절대로 준 일이 없어요.

그분을 이리로 불러 진실을 들어 보세요.

오셀로 벌써 자백했어.

데스데모나 뭐라고요, 여보?

85 **오셀로** 놈이 널 가졌다고.

데스데모나 어떻게요? 부정하게요?

오셀로 그래.

데스데모나 그렇게 말할 리가 없어요.

오셀로 말할 수 없지. 놈은 이제 말을 못하니.

90 충직한 이아고가 처리했거든.

데스데모나 아, 무서운 생각이 들더니만! 그분이 죽었나요?

오셀로 놈의 머리칼 하나하나에 목숨이 붙어 있다면,

내 커다란 복수심은

그 하나하나를 모조리 죽여 버린다 해도 사그라지지 않아.

95 **데스데모나** 아아, 그분은 배신당하고 나도 끝장이구나!

오셀로 꺼져, 이 매춘부야!

내 앞에서 그놈을 위해 눈물을 흘려?

데스데모나 아, 여보, 저를 쫓아내도 좋아요.

하지만 죽이지는 마세요!

100 **오셀로** 앉아, 이 매춘부야!

데스데모나 죽이는 건 내일로 하고, 오늘 밤은 살려 주세요!

오셸로 안 돼, 만일 저항하면 ―

데스데모나 반 시간만!

오셸로 이렇게 된 이상, 기다릴 수 없어!

105 **데스데모나** 기도 드릴 동안만이라도!

오셸로 이미 늦었어.   *그녀 목을 조른다*

에밀리아, 소리친다

에밀리아 주인님, 주인님!   안에서

이런, 여기요! 주인님, 주인님!

오셸로 이게 무슨 소리지? 죽지 않았나?

110 아직 완전히 죽지 않은 건가?

비록 잔인한 짓을 했지만 자비심마저 없지는 않아.

오래 고통받게 하고 싶지 않아. 됐다. 됐어.

에밀리아 아니, 보세요? 주인님, 주인님!   안에서

오셸로 거기 누구냐?

115 **에밀리아** 아, 주인님. 주인님께 드릴 말씀이 있어요.   안에서

오셸로 그래, ― 에밀리아로군 ― 잠시만 ― 이제 죽었다.

카시오의 죽음을 알리러 온 모양이로군 ―

소리가 컸어. 허, 이젠 움직이지 않는 건가?

무덤처럼 고요하다 ― 저 여자, 들어오라고 할까? 괜찮을까?

120 그녀가 다시 움직이는 것 같아. 아니야. 무엇이 최선일까?

저 여자가 들어오면 분명 내 아내에게 말을 걸겠지.

내 아내, 내 아내라니! 무슨 아내인가? 내게는 아내가 없다.

아, 견딜 수가 없다! 아, 슬픈 시간이여!

지금 당장에라도 거대한 일식과 월식이 일어나

125 그 변화에 깜짝 놀란 지구가

입을 떡 벌릴 것 같구나.

에밀리아 간청드립니다.   안에서

드릴 말씀이 있습니다. 아, 주인님!

오셀로 너를 잊고 있었군 ─ 들어와, 에밀리아. ─

130 잠깐 기다려, 커튼을 쳐야겠어. ─   침대 커튼을 치고 문을 딴다

어디 있지? 그래 무슨 일이냐?

에밀리아 등장

에밀리아 아, 주인님,

저쪽에서 끔찍한 살인 사건이 일어났어요!

오셀로 뭐라고? 지금?

135 **에밀리아** 바로 지금요, 주인님.

오셀로 달이 궤도를 벗어났기 때문이야.

달이 평소보다 지구와 가까워지면

사람을 실성하게 만들거든.

에밀리아 주인님, 카시오 님이

140 로도리고라는 베니스 청년을 죽였대요.

오셀로 로도리고가 죽었다고? 그러면 카시오도 죽었나?

에밀리아 아뇨, 카시오 님은 죽지 않았어요.

오셀로 카시오가 죽지 않았다고? 그럼 살인이 빗나가고,
달콤한 복수는 틀어졌구나.

145 **데스데모나** 아, 억울하다, 억울하게 살해됐어!

에밀리아 어머나! 저건 무슨 소리죠?

오셀로 저거라니? 뭐가?

에밀리아 아, 어머나! 저건 아씨 목소리였어요!
도와줘요, 도와줘요, 여기요, 도와줘요!　　*침대 커튼을 젖힌다*

150 아, 아씨, 말 좀 해 봐요!
사랑스런 데스데모나! 아, 어여쁜 아씨, 말을 해 보세요!

데스데모나 죄도 없이 난 죽어.

에밀리아 아, 누가 이런 짓을 했어요?

데스데모나 아무도 아니야. 나 스스로 한 짓이야. 잘 있어.

155 친절한 주인님께 잘 말씀드려요. 아아, 안녕!　　*죽는다*

오셀로 아니, 아내가 어떻게 살해됐지?

에밀리아 아아, 누가 알겠어요?

오셀로 내가 죽인 게 아니라, 스스로 한 짓이라고 그랬지?

에밀리아 네, 그렇게 말하셨어요. 사실대로 알려야겠어요.

160 **오셀로** 지옥불에 떨어진 거짓말쟁이 같으니.
그 여자를 죽인 건 나다.

에밀리아 아, 그렇다면 아씨는 더욱더 천사시고
당신은 더욱더 사악한 악마예요!

오셀로 그 여자는 어리석은 짓을 했어, 매춘부였어.

165 **에밀리아** 아씨를 모욕하다니, 당신은 악마예요.

오셀로 그 여자는 물처럼 변덕이 심한 바람둥이였어.

에밀리아 당신은 불처럼 성급해요.

아씨가 바람둥이라고요? 아, 얼마나 정숙한 부인이셨는데!

오셀로 카시오가 그 여자를 올라탔어.

170 믿지 못하겠다면 네 서방에게 물어봐.

내가 정당한 이유도 없이 이런 극단적인 일을 저질렀다면,

난 지옥의 맨 밑바닥으로 떨어져도 좋아.

네 남편은 모든 걸 알고 있었다.

에밀리아 제 남편이요?

175 **오셀로** 그래, 네 남편.

에밀리아 아씨가 바람을 피웠다고 말했다고요?

오셀로 그래, 카시오하고. 만일 그 여자가 정숙했다면,

설령 하늘이 완전무결한 보석으로 된 새로운 세상을

내게 만들어 준다 해도

180 난 아내와 바꾸지 않았을 것이다.

에밀리아 제 남편이요?

오셀로 그래, 아내 일을 처음 귀띔해 준 건 네 남편이었어.

정직한 사람이어서 추잡한 짓에 달라붙는

끈적끈적함을 참지 못하지.

185 **에밀리아** 제 남편이요?

오셀로 같은 말을 왜 되풀이하게 하지? 네 남편이라니까.

에밀리아 아, 아씨, 흉악한 계략이 사랑을 농락했군요!

제 남편이 아씨가 바람을 피운다고 했다고요?

오셀로 그래, 그 사람.

190 네 남편이라 했다. 이제 알겠어?

내 친구이자 네 남편인 정직하고, 정직한 이아고 말이다.

에밀리아 그 사람이 그런 말을 했다면

그 사악한 영혼은 매일 조금씩 썩어 버려라!

그 따위 새빨간 거짓말을 하다니.

195 아씨는 어리석게도 이 추악한 결혼을 너무나 좋아하셨어.

오셀로 뭐라고?

에밀리아 맘대로 해 봐요.

당신이 아씨를 얻을 자격이 없는 것처럼

당신이 한 짓은 천국에 갈 자격이 없어요.

200 **오셀로** 입 닥치는 게 좋을 거야!

에밀리아 해치려면 해쳐 봐요.

당신이 어떤 고통을 주더라도

그보다도 훨씬 더 큰 고통까지도 견딜 수 있어.

아, 얼간이, 아, 멍청이!

205 먼지만큼이나 무지한 인간! 이런 짓을 저지르다니 —

당신 칼은 두렵지 않아 —

목숨을 스무 개나 잃더라도 당신이 한 짓을 알릴 거야 —

살려줘요, 살려줘요, 여기요, 사람 살려!

무어인이 아씨를 죽였어요! 살인이야! 살인!

몬타노, 그라시아노, 이아고 등장

210 **몬타노** 무슨 일이오? 어찌된 일입니까, 장군님?

에밀리아 아, 왔군요, 이아고? 참 잘도 하셨군요.

남들이 저지른 살인죄를 당신이 뒤집어쓰게 됐으니까.

그라시아노 무슨 일인가?

에밀리아 당신도 사내라면   이아고에게

215 이 악당의 말이 틀렸다고 말 좀 해 봐요.

아씨가 간통했다는 걸 당신한테 들었다는 거예요.

당신이 그럴 리 없죠. 당신은 그런 악당이 아니니까.

어서 말해요, 가슴이 터질 것 같아요.

이아고 난 내 생각을 말했을 뿐이야.

220 장군님도 옳다고 인정한 사실밖에 말씀드린 것이 없어.

에밀리아 하지만 아씨가 부정을 저질렀다고 말하진 않았죠?

이아고 했지.

에밀리아 거짓말을 했군요. 추악하고 저주받을 거짓말을.

내 영혼을 걸고 맹세해요, 거짓말이에요!

225 사악한 거짓말이에요!

아씨가 카시오와 부정을 저질렀다고? 카시오라고 했나요?

이아고 그래, 카시오와. 자, 그만 입 다물어.

에밀리아 그럴 수 없어요. 말해야겠어요.

아씨는 여기 침대에서 살해당했어요.

230 **모두** 아, 하나님 맙소사!

에밀리아 당신이 그따위 얘기를 해서 이런 살인이 일어났어.

오셀로 자, 놀라지 마십시오, 여러분. 모두 사실이오.

그라시아노 해괴한 일이로군!

몬타노 아, 끔찍한 짓이다!

235 **에밀리아** 악독한 짓이야, 악독한 짓, 악독한 짓이라고요!

생각이 난다, 생각이 나. 미심쩍었어. 아, 악랄한 짓이야!

그때도 그런 생각이 들었지. 슬퍼서 죽을 것만 같아.

아, 악독한 짓이야! 악독한 짓!

이아고 아니, 이게 미쳤나? 당장 집으로 가!

240 **에밀리아** 여러분, 제 말씀 좀 들어주세요.

남편 말을 따라야 마땅하겠지만, 지금은 못하겠어요.

이아고, 아마 난 다시는 집으로 가지 않을 거예요.

오셀로 아! 아! 아!   침대에 쓰러진다

에밀리아 그래, 거기 누워 울부짖어 봐요.

245 당신은 늘 떳떳이 하늘을 우러러 보는

가장 사랑스럽고 순결한 분을 죽였어.

오셀로 아, 저 여자는 부정을 저질렀어!   일어선다

몰라 뵈었습니다, 숙부님[54]! 저기 조카가 누워 있습니다.

방금 제 손으로 그녀의 숨통을 끊어 놓았습니다.

250 끔찍하고 잔인한 짓이라고 생각하실 줄 알고 있습니다.

그라시아노 가엾은 데스데모나!

네 아버지가 먼저 돌아가신 게 천만다행이다.

네 결혼이 그분께는 큰 충격이었다.

그 온전한 슬픔이 그분의 늙은 생명줄을 끊어 놓았지.

255 지금 살아 계셨더라면, 이런 꼴을 보고

어떤 절망적인 행동을 하셨을지 모른다.

그래, 자신의 곁에 있는 천사들마저 저주하며 쫓아 버리고,

신께 버림을 받았을 것이다.

오셀로 슬픈 일입니다. 하지만 저 여자가

260 카시오와 추잡한 짓을 수없이 해 온 사실을

이아고가 알고 있습니다. 카시오도 자백했습니다.

게다가 저 여자는 제가 처음 준 사랑의 약속이자 정표를

호색 행위의 대가로 그자에게 주었습니다.

그자가 손에 쥐고 있는 것을 봤으니까요.

265 그것은 제 아버지께서 어머니께 주신

오래된 정표인 손수건이었습니다.

에밀리아 아, 하늘이시여! 아, 하늘의 신들이시여!

이아고 이런, 닥치지 못해!

에밀리아 말할 거야, 말할 거라고. 닥치라고?

270 아뇨, 북풍처럼 자유롭게 말하겠어요.

하늘과 인간, 악마가 모두, 모두,

다 내게 창피하다고 고함을 쳐도 난 말하겠어요.

이아고 정신 차리고, 집으로 가.

에밀리아 가지 않겠어.　*이아고가 에밀리아를 찌르려고 위협한다*

275 **그라시아노** 저런, 여자한테 칼을 들이대?

에밀리아 아, 어리석은 무어인! 당신이 말한 그 손수건은

제가 우연히 주워서 남편에게 준 거예요.

남편이 정색을 하고 자꾸만—

그런 하찮은 것에 걸맞지 않게도—

280 훔쳐 오라고 간청했기 때문이에요.

이아고 악독한 창녀 같으니!

에밀리아 아씨가 카시오 님에게 줬다고요? 천만에요, 아!

제가 주워서 남편에게 준 거예요.

이아고 더러운 년, 거짓말을 하는구나!

285 **에밀리아** 하늘에 맹세코, 거짓이 아니에요, 아닙니다, 여러분.

아, 천치 같은 살인자! 저런 바보에게

그렇게 훌륭한 아내가 가당키나 한가요?

오셀로 하늘에는 천둥 벼락에 쓰이는 것 말고는

달리 내리칠 돌이 없습니까?—이 지독한 악당 놈!

이아고에게 달려들지만 칼을 뺏기고, 이아고는 에밀리아를 찌른다

290 **그라시아노** 이아고 부인이 쓰러졌다. 놈이 제 아내를 죽였어.

[이아고 퇴장]

에밀리아 아아! 아, 절 아씨 곁에 눕혀 주세요.

그라시아노 놈이 도망갔어. 아내를 죽이고.

몬타노 지독한 악당이군요. 이 칼을 받으십시오.

제가 무어 장군에게서 뺏은 겁니다.

295 자, 밖에서 문을 지켜 주십시오. 차라리 죽이는 한이 있어도,

무어를 내보내면 안 됩니다. 전 그 악당을 뒤쫓겠습니다.

천하에 저주받을 놈이니까요. *[몬타노와 그라시아노 퇴장]*

오셀로 난 용기마저 잃었구나.

온갖 시시한 애송이에게 칼을 빼앗기다니.

300   하지만 진실성이 없는 허울뿐인 명예는 지켜 뭣하나.

모두 버리자.

에밀리아 아씨, 그 노래가 무슨 전조였나요?

들어 보세요, 제 말이 들리나요?

전 백조처럼 노래를 부르며 죽겠어요. ―

305   "버들아, 버들아, 버들아.   노래한다

무어인, 아씨는 결백했어요.

당신을 사랑했죠, 잔인한 무어인,"

진실을 말했으니, 제 영혼은 천국으로 갑니다.

제 생각대로 말하면서, 아아, 저는 죽어요.   죽는다

310 **오셀로** 이 방엔 칼이 또 하나 있어.   칼을 찾는다

얼음처럼 찬 시냇물에 담금질한 스페인 칼이지.

아, 여기 있구나. 숙부님, 저는 나가야 합니다.

그라시아노 나가려 한다면, 그 대가를 치를 걸세.   안에서

자네는 무기도 없어. 그러니 별수 없이 참아야 해.

315 **오셀로** 그럼 저를 좀 보고 함께 얘기를 나누시지요.

그렇지 않으면 맨손으로라도 숙부님을 공격할 겁니다.

[그라시아노 등장]

그라시아노 무슨 일인가?

오셀로 보십시오, 저도 칼을 가지고 있습니다.

이보다 나은 검은 그 어떤 군인도 차 본 적이 없습니다.

320 저는 이 작은 팔뚝과 이 멋진 칼로

어르신이 막고 있는 것보다

스무 배가 넘는 장애물을 뚫고 나간 날도 있었습니다.

하지만 — 아, 헛된 자랑이구나! —

누가 운명을 거역할 수 있겠습니까?

325 지금은 그런 때가 아닙니다.

제 손에 칼이 있다고 해서 두려워 마십시오.

여기가 제 여정의 끝입니다.

여기가 제 마지막 항해의 목적지이고,

바로 그 항로 표지입니다.

330 당황해서 뒷걸음질하는 건가요? 두려워하실 필요 없습니다.

오셀로의 가슴에 갈대 한 가닥만 겨누어도

그는 물러납니다. 오셀로는 어디로 가야 합니까?

자, 너는 지금 어떤 모습이냐? 아, 불운한 여인,

네 속옷처럼 창백하구나! 최후의 심판날에 우리가 만난다면,

335 너의 이 모습에 내 영혼은 천국에서 내팽개쳐져,

악마들이 낚아채 갈 것이다!

네 순결처럼 차디차구나, 내 여인아!

아, 저주받고, 저주받을 노예 놈!

악마들아, 날 채찍질하여,

340 이 천상의 모습을 보지 못하게 하여라.

나를 바람 속에 날려 버리고 유황불 속에 태우고,

불바다의 저 깊은 심연 속으로 처넣어라!

아, 데스데모나! 죽었구나! 데스데모나! 죽어 버렸어! 아! 아!

로도비코, [들것에 실린] 카시오 등장,

몬타노와 [죄수] 이아고가 장교들과 함께 등장

로도비코 경솔하고도 지극히 불운한 그 사람은 어디 있소?

345 **오셀로** 그는 예전엔 오셀로였던 자이지요. 여기 있습니다.

로도비코 그 독사 같은 놈은? 그 악당을 끌어내시오.

오셀로 놈의 발을 들여다봐도55)

그건 단지 꾸며 낸 이야기에 불과하군.

네놈이 악마라면 널 죽일 수 없겠지.　이아고에게 상처를 입힌다

350 **로도비코** 그의 칼을 뺏어라.

이아고 피는 나지만 죽지는 않았소.

오셀로 나도 서운할 것 없다. 너를 살려 두겠다.

죽는 것이 오히려 행복할 테니 말이다.

로도비코 아, 오셀로 장군, 그렇게 훌륭하던 당신이,

355 저주받은 노예 놈의 간계에 빠지다니,

뭐라고 할 말이 없소이다.

---

55) 오셀로는 이아고의 발이 악마의 발굽처럼 갈라져 있는지 확인한다.

오셀로 글쎄요, 뭐라도 좋소.

괜찮으시면, 명예로운 살인자라고 해 주시오.

나는 증오심에서 한 것은 없소. 오직 명예를 위해서였소.

360 **로도비코** 이놈이 죄상의 일부를 실토했소.

당신이 저놈과 공모하여 카시오를 죽이려고 했소?

오셀로 그렇소.

카시오 장군님, 전 그럴 만한 잘못을 하지 않았습니다.

오셀로 나도 그렇게 믿네. 용서해 주게.

365 바라건대, 저 악마 같은 놈에게 왜 그렇게 내 영혼과 육신을

구렁 속에 몰아넣었는지 물어봐 주겠소?

이아고 물어볼 것 없소. 알 만한 것은 당신도 알고 있소.

지금부터는 입을 열지 않겠소.

로도비코 뭐야, 기도도 안 할 셈이냐?

370 **그라시아노** 고문을 하면 입을 열 것이다.

오셀로 그래, 그게 네놈에게는 상책이겠지.

로도비코 장군, 그간 무슨 일이 있었는지 알려 드리겠소—

장군은 모르는 일일 것이오.

여기 살해당한 로도리고의 주머니에서 발견된 편지가 있고,

375 여기 또 다른 편지가 있소. 두 편지 가운데 하나에

로도리고가 카시오를 죽일 것이라는 계획이 적혀 있소.

오셀로 아, 악당 놈!

카시오 극악무도한 놈!

로도비코 자, 여기 불평을 늘어놓은 또 다른 편지도

380   그의 주머니에서 나왔소. 이 편지는 로도리고가

저 빌어먹을 악당 놈에게 보내려고 한 것 같은데,

이마도 놈이 중간에 나타나

그를 설득한 모양이오.

오셀로 아, 이 간악하고 비열한 놈! —

385   카시오, 자네는 내 아내의 손수건을

어떻게 손에 넣었나?

카시오 제 방에서 주웠습니다.

방금 이아고가 자백했습니다.

놈이 일부러 제 방에 떨어뜨려 놓았고

390   자기 뜻대로 됐답니다.

오셀로 아, 바보! 바보! 바보!

카시오 그 외에도 로도리고의 편지에는 그가

이아고를 호되게 나무라는 내용이 있는데, 야경을 서던 날,

제게 싸움을 건 것도 이아고가 시킨 짓이었습니다.

395   그 때문에 저는 파면된 거고요.

그리고 — 한동안 죽은 것처럼 보였지만 —

방금 로도리고가 얘기했습니다.

자기를 해친 것도 이아고고, 일을 사주한 것도 놈이라고요.

로도비코 장군은 여기서 나가   오셀로에게

400   우리와 함께 가야겠소.

당신의 권한과 지휘권은 박탈됐소.

카시오가 키프로스를 통치합니다.

이 악당놈에게는 오랫동안 시간을 끌면서

큰 고통을 줄 수 있는 교묘하고 잔인한 방법이 있다면

405   그 형벌을 내릴 것이오.

장군은 베니스 정부에 범행의 진상이 보고될 때까지

죄인으로서 감금될 것이오. ─ 자 데리고 가라.

오셀로 잠깐만, 가시기 전에 한두 마디 하겠소.

나는 국가를 위해 얼마간 공헌을 했고,

410   그들도 그것을 알고 있습니다.

그 이상은 말씀드리지 않겠습니다.

부탁드리건대, 편지로 이 불행한 사건을 보고하실 때,

나를 있는 그대로 말씀해 주십시오.

조금도 두둔하지 마시고, 악의로 헐뜯지도 말아 주십시오.

415   다만 이렇게 말씀해 주십시오.

현명하지는 못했지만 너무나 아내를 사랑한 사람이었다고.

질투에 쉽게 빠질 사람은 아니지만,

속임수에 휘말려 끝도 없는 혼란에 빠진 사람이라고.

천한 유대인56)처럼 자기 종족 모두보다 더 귀한 진주를

420   제 손으로 내팽개친 사람이라고.

슬픔에 젖은 두 눈에서,

비록 감상적인 분위기에는 익숙지 않지만,

아라비아 고무나무에서 수액이 줄줄 흐르듯

---

56) 예수를 배반한 유대인 제자 유다, 또는 간통죄를 저지른 아내 마리암네를 처형한
   유대의 헤롯 왕을 암시한다.

눈물을 떨어뜨리던 사람이라고 전해 주십시오.

425 이렇게 적어 주십시오.

그리고 말해 주십시오.

전에 알레포에서,

터번을 두른 고약한 터키 놈이

베니스 사람을 때리고 이 나라를 모욕했을 때,

430 내가 할례받은 그 개 같은 놈의 멱살을 잡고서

이렇게 찔렀다고.　　　　　　　　　　　　*자신을 찌른다*

로도비코　아, 처참한 최후구나!

그라시아노　말한 것이 모두 소용없게 되었군.

오셀로　난 당신을 죽이기 전에 당신에게 키스했소.

435 이 길밖에 없소.

스스로 목숨을 끊고, 키스하며 죽는 수밖에.

　　　　　　　　　　　　데스데모나에게 키스하고 죽는다

카시오　이런 일이 있을까 걱정했습니다만

칼이 있는 줄은 몰랐습니다.

그는 훌륭한 분이셨습니다.

440 **로도비코**　이 스파르타의 개 같은 놈,　　　*이아고에게*

고통과 굶주림, 바다보다도 잔인한 놈!

침대 위의 처참한 광경을 봐라.

모두 네놈의 소행이다. ― 차마 눈뜨고 볼 수가 없으니

보이지 않게 가려라.

445 **그라시아노** 어른, 이 집을 지키시고,

무어인의 재산을 몰수해 주십시오.

어른께서 상속 받으실 거니까요. ―

그리고 총독,   카시오에게

당신에게는 이 악랄한 놈의 심판을 맡기겠소.

450   시간과 장소, 고문 방법을 정해, 반드시 집행하시오!

나는 즉시 배를 타고 본국에 돌아가

애통한 마음으로 이 슬픈 사건을 보고하겠소.

모두 퇴장

생애와 작품에 관하여

역사상 최고의 작가를 꼽으라고 하면 대부분의 사람들이 주저 없이 말하는 사람이 있다. 바로 "사느냐 죽느냐, 그것이 문제로다."라는 명대사를 쓴 윌리엄 셰익스피어. 사실 그에 대해 알려진 사실은 그리 많지 않다. '그에 관한 대부분의 이야기 중 진실은 5퍼센트에 불과하고 나머지 95퍼센트는 억측이다.'라는 말도 있을 정도로 우리가 알고 있는 셰익스피어는 극히 일부분일지도 모른다.

하지만 그에 관한 확실한 이야기들도 남아 있다. 그는 영국 미들랜드에 위치한 작은 마을 스트래트퍼드어폰에이번Stratford-Upon-Avon이라는 상업 도시에서 태어났다. 정확한 생일은 알 수 없지만, 1564년 4월 26일에 유아세례를 받았다는 기록이 남아 있다. 아버지는 장갑 제조업자였으며 시의회에서 요직을 맡고 있어 지역에서는 꽤 영향력을 행사하는 사람이었기에 유복한 유년시절을 보냈다.

셰익스피어는 지역에 있는 문법학교를 다니며 그곳에서 라틴어, 수사법, 고전 시에 대해 배우며 탄탄한 기초를 쌓기 시작했다. 이때의 교육이 훗날 그가 글을 쓰는 데에 큰 도움을 줬음은 분명하다.

1582년에는 여덟 살 연상인 앤 해서웨이와 결혼하였고 1583년에는 딸 수잔나를, 1585년에는 아들딸 쌍둥이인 햄넷과 주디스를 낳았다. 당시에는 이미 아버지의 사업 운이 기울어 있던 터라 본인이 직접 생계를 책임져야 했으나 그가 어떻게 가족을 부양했는지에 관해서 알려진 사실은 없다.

지금도 대부분의 청년들이 답답한 시골 소도시를 벗어나 중앙 대도시에서 꿈을 펼치기 원하듯이 셰익스피어도 공연 사업 쪽에서 출세하기 위해 도시로 나갔는데 1580년대 후반 런던에서는 배우가 인기를 얻고 부와 명성을 일구는 현상이 일어나고 있었다. 셰익스피어의 생애를 돌아볼 때 당시 그가 어떤 삶을 살고 있었는지에 대한 기록은 전혀 없으나 일각에서는 윌리엄 셰익섀프트William Shake-shafte라는 인물에 대한 기록을 토대로 그가 영국 북부에서 배우로 활동한 것이 아닌가 추측하기도 하지만 어디까지나 추측일 뿐이기도 하다.

작가이기 전에 배우였던 셰익스피어는 단역 배우로 활동을 시작했을 것으로 추정되지만 자신이 위대한 배우가 되기에는 많이 부족하다는 것을 깨닫는 데에는 그리 오래 걸리지 않았던 것으로 보인다. 대신, 오래된 극에 자기만의 색을 입혀 새로운 생명을 불어넣고 진부한 극에 새로운 캐릭터와 극전 반전을 추가하면서 흥행 공식을 세워 나갔다.

그는 문학성과 대중성을 동시에 확보한 최초의 작가이기도 했다. 왕실과 대중 모두를 만족시키는 극을 쓰기란 쉬운 일이 아님에도 비극과 희극, 그리고 사극까지 넘나드는 작가였던 것이다. 덕분에 그는 그동안 많은 작가들이 자신의 작품을 헐값에 팔아야 했던 비극적인 현실을 개선한 작가가 되기도 했다. 흥행 수익의 일정 비율을 보수로 받았으며 주식회사 형태의 극단 〈체임벌린 경의 사람들 Lord Chamberlain's Men〉을 설립해 작품을 썼고 작품에 대한 저작권료를 받았다. 그리고 셰익스피어 자신도 배역을 맡아 활동을 하기도 해 출연자 명단에 이름을 올리기도 했다.

현재 전해지는 그의 작품은 희곡 28편, 소네트 154편, 장시 2편 등이 있고 제목만 남아 있는 작품도 있다. 시와 연극 형식 모두를 넘나드는 그의 능력은 왕실에서도 높게 평가하는 부분이었으며 비극과 역사극을 새로운 방식으로 발전시키기도 했다. 런던 문학계에 정통한 케임브리지 대학 출신 프랜시스 미어스Francis Meres는 장르를 넘나드는 셰익스피어의 탁월함에 대해 다음과 같이 찬사를 보냈다.

라틴어 권에서 플라우투스Plautus와 세네카Seneca가 희극 및 비극에서 최고로 손꼽히듯, 영국인들 사이에서는 셰익스피어가 두 분야의 무대 공연에서 최고의 인물로 인정받는다. 희극으로는 《베로나의 두 신사》, 《실수 연발》, 《사랑의 헛수고》, 《사랑의 노고의 승리》, 《한여름 밤의 꿈》, 《베니스의 상인》을, 그리고 비극으로는 《리처드 2세》, 《리처드 3세》, 《헨리 4세》, 《존 왕》, 《타이터스 앤드러니커스》, 《로미오와 줄리엣》을 보라.

셰익스피어가 과대평가 되었다고 지적하는 목소리도 있다. 사실 그가 쓴 많은 작품 가운데 순수 창작물은 몇 편에 불과하고 대개는 입에서 입으로 전해지는 이야기나 널리 알려진 소설과 희곡을 각색한 것들이 많기 때문이다. 그러나 당대에는 표절이나 모방은 비교적 흔한 기법이었으며 셰익스피어가 각색한 작품이 지닌 문학적 가치와 예술적 기교까지 무시할 수는 없을 것이다.

그는 약강 5보격 운문을 활용하여 마법 같은 문장을 만들어 냈고, 시의 고저와 외설적 유머의 깊이를 자유자재로 다루며 전하고자 하는 바를 재치 있게 표현했다. 언어를 통해 복잡한 인간 성격을 탐구하며 다양한 분위기를 창조했으며 복잡한 플롯을 구축하면서도 관객이 그것을 이해하는 데에 무리가 없도록 표현하는 데에 천부적인 재능을 선보였다.

그가 작품을 통해 선보인 신조어만 해도 2천여 개에 달하는데, 그가 작품에 쓴 단어 수가 2만여 개 임을 고려한다면 어마어마한 숫자임에 틀림없다. 그가 만들어 낸 갖가지 표현들은 현재에도 살아남아 다양한 관용어구가 되어 쓰이고 있다. 예를 들어 "살과 피flesh and blood - 혈육", "더러운 행실foul play - 반칙", "젊은 시절salad days - 호시절" 등이 그것이다. "가령 우리가 입만 열었다 하면 열 마디 중에 한 마디가 신조어라고 생각해 보라."라고 한 빌 브라이슨William McGuire Bryson의 말은 셰익스피어가 가진 언어적 천재성이 어떠한 것이었는지를 단적으로 보여준다.

게다가 그가 만들어 낸 인물들의 면면을 살펴보라. 중세 연극에서 흔하고 흔했던 평면적 인물들은 사라지고 햄릿, 이아고, 맥베스 같은 입체적인 인물들이 등장하며 이야기에 힘을 실어 준다. 결국 관객들은 그의 연극을 보고 본인이 극의 등장인물이 된 것처럼 이야기에 빠져 들며 더욱 열광하게 되는 것이다. 평론가인 해럴드 블

룸Harold Bloom은 셰익스피어 작품에 나오는 등장인물들을 가리켜 이렇게 단언한다. "그들은 물론 허구의 존재이다. 하지만 그 사실성은 우리의 사실성을 능가한다."

그는 배우로서 성공하겠다는 큰 꿈을 품고 런던으로 진출한 1580년대 말, 단역 배우로 활동하면서 본격적으로 극을 집필한 것으로 보인다. 1594년에는 시종장관 극단인 〈체임벌린 경의 사람들Chamberlain's Men〉의 일원이 되어 사람들 앞에 서기도 했으며 1599년에는 극단 동료들과 함께 〈글로브 극장The Globe〉을 설립하여 공동 소유주가 되었다. 셰익스피어는 문화를 사랑하고 예술가에 대한 후원을 아끼지 않던 엘리자베스 여왕 덕분에 많은 혜택을 받고 다양한 작품들을 집필하고 무대에 올릴 수 있었다. 1603년에 여왕이 죽고 즉위한 제임스 1세 또한 〈체임벌린 경의 사람들〉이라는 극단을 직접 후원하고 나섰고 그의 후원 하에서 시종장관 극단은 국왕 극단인 〈King's Men〉이 되어 다른 경쟁 극단들보다 훨씬 많이 궁정에서 공연할 수 있는 혜택을 누릴 수 있었다.

당시에는 타자기나 복사기가 없었기에 극단 단원들에게 새 작품을 알려 주는 방법이라고는 극작가가 자신이 쓴 대본을 처음부터 끝까지 읽어주고 배우들이 역할을 이해할 수 있도록 하는 것이었다. 셰익스피어는 작품을 쓴 작가로서 배우들을 지도했을 것이며 극에 사용될 소품이나 배우들의 의상, 극의 효과 등에 대해서도 꼼꼼히 살피는 임무를 갖고 있었을 것이다. 그가 직접 연기를 위해 무대에 올랐다는 공식적인 기록은 없지만 그에 관해 남아 있는 몇 안 되는 기록들을 두고 연구하는 학자들에 의하면 셰익스피어 본인은 종종 왕 역할을 맡기도 했던 것으로 보인다.

셰익스피어의 작품은 장르별로 크게 희극Comedies, 비극Tragedies, 역사극Histories으로 나눌 수 있는데 어느 한 분야 치우치지 않고 고르게 문학성과 대중성을 확보했다는 데에도 의의가 있다. 그가 시대와 시절을 넘어 아직까지도 많은 나라에서 사랑 받으며 영미문학의 대가로 추앙 받는 이유가 바로 여기에 있다. 그가 쓴 작품들은 미술과 음악에도 지대한 영향을 끼쳐 그의 작품을 토대로 한 또 다른 작품 세계가 만들어질 정도다.

이 천재적인 작가는 1616년, 원인을 알 수 없는 이유로 52세의 삶을 마감하게 되었고, 그가 죽고 난 뒤에 동료 배우들은 그가 남긴 작품들을 모아《희극, 역사극, 그리고 비극》이라는 전집의 공인본을 만들어 1623년에 대형 이절판으로 출판했다. 사람들은 이 책에도 열광했고 지금까지도 다양한 판본으로 전해지며 그의 명성을 이어주고 있다.

> 그대의 책이 살아 있는 한 예술이 살아 있고
> 우리에게는 읽을 지혜와 보낼 찬사가 있으니……
> 그는 한 시대가 아닌 전 시대의 작가이다!

> —이절판 권두에 두 편의 찬양시를 기고한 동료 극작가
> 벤 존슨의 추모 글

윌리엄 셰익스피어 작품 연보

1589-1591 《페버섬의 아든Arden of Faversham》(부분 집필 가능성 있음)

1589-1592 《말괄량이 길들이기The taming of the Shrew》

1589-1592 《에드워드 3세Edward the Third》(부분 집필 가능성 있음)

1591 《헨리 6세 2부The Second Part of Henry the Sixth》(원제는 《두 명문가 요크가와 랭커스터의 분쟁 1부》이었으며 공동 집필 가능성 있음)

1591 《헨리 6세 3부The Third Part of Henry the Sixth》(원제는 《요크 공 리처 드의 비극》이었으며 공동 집필 가능성 있음)

1591-1592 《베로나의 두 신사The Two Gentlemen of Verona》

1591-1592 《타이터스 앤드러니커스The Lamentable Tragedy of Titus And ronicus》(조지 필과 공동 집필, 혹은 조지 필의 이전 판본 개작, 1594년 에 개작된 것으로 추정)

1592 《헨리 6세 1부The First Part of Henry the Sixth》(토머스 내시와 다른 작 가들과의 공동 집필로 보임)

1592/1594 《리처드 3세King Richard the Thrd》

1593 《비너스와 아도니스Venus and Adonis》(시)

1593-1594 《루크리스의 능욕The Rape of Lucreece》(시)

1593-1608 《소네트sonnets》(시 154편, 저자 문제로 논란이 불거진 시 《연인의 불평 A lover's Complaint》과 함께 1609년 출판됨)

1592-1594/ 《토머스 모어경Sir Thomos More》(앤서니 먼데이 원작의 희곡을 위해
1600-1603 단일 장면 집필, 헨리 체틀, 토마스 데커, 토머스 헤이우드에 의해 개작됨)

1594   《실수 연발The Comedy of Errors》

1595   《사랑의 헛수고Love's Labour's Lost》

1595-1597   《사랑의 노고의 승리Love's Labour's Won》(다른 희극의 원제가 아니라
면 소실된 작품)

1595-1596   《한여름 밤의 꿈A Midsummer Night's Dream》

1595-1596   《로미오와 줄리엣Romeo and Juliet》

1595-1596   《리처드 2세King Richard the Second》

1595-1597   《존 왕The Life and Death of King John》(더 이전에 쓰인 작품일 가능성
이 있음)

1595-1597   《베니스의 상인The Merchant of Venice》

1595-1597   《헨리 4세 1부The First Part of Henry the Fourth》

1595-1598   《헨리 4세 2부The Second Part of Henry the Fourth》

1598   《헛소동Much Ado About Nothing》

1598-1599   《열정적인 순례자The Passionate Pilgrim》(시 20편, 일부는 셰익스피어
의 작품이 아님)

1599   《헨리 5세The Life of henry the Fifth》

1599   《여왕 폐하에게To the Queen》(궁정 공연의 에필로그)

1599   《뜻대로 하세요As You Like It》

1599   《줄리어스 시저The Tragedy of Julius Caesar》

1600-1601   《햄릿The Tragedy of Hamlet, Pince of Denmark》(이전 판본의 개작으로
보임)

1600-1601   《윈저의 즐거운 아낙네들The Merry Wives of Windsor》(1597-1599 판
본의 개작으로 보임)

1601   《목소리 큰 새가 노래하게 하라Let the Bird of Loudest Lay》(1807년
이후 《불사조와 거북The Phoenix and Turtle》으로 알려져 있음)

1601   《십이야Twelfth Night, or What You With》

1601-1602   《트로일로스와 크레시다The Tragedy of Troilus and Cressida》

1604   《오셀로The Tragedy of Othello, the Moor of Venice》

《자에는 자로Measure for Measure》

1605   《끝이 좋으면 다 좋아All's Well That Ends Well》,

1605   《아테네의 티몬 The Life of Timon of Athens》(토머스 미들턴과 공저)

1605-1606 《리어 왕The Tragedy of King Lear》

1605-1608 《4편의 희곡 모음집》에 기여(대부분 토머스 미들턴이 집필한 《요크셔 비극》외에는 소실되었음)

1606   《맥베스The Tragedy of Macbeth》(현존하는 텍스트에는 토머스 미들턴 이 추가한 장면이 포함되어 있음)

1606-1607 《안토니와 클레오파트라Antony and Cleoptra》

1608   《코리올레이너스The Tragedy of Coriolanus》

《페리클레스Pericles, Prince of Tyre》(조지 윌킨스와 공저)

1610   《심벌린The Tragedy of Cymbeline》

1611   《겨울 이야기The Winter's Tale》

1611   《템페스트The Tempest》

1612-1613 《카르데니오Cardenio》(존 플레처와 공저, 루이스 시어볼드의 《이중기 만Double Falsehood》이라는 제목으로 나중에 개작된 판본으로만 남아 있음)

1613   《헨리 8세Henly VIII : All Is True》

1613-1614 《두 귀족 친척Two Noble Kinsmen》(존 플레처와 공저)